小学館文庫

こころのカルテ
潜入心理師・月野ゆん

秋谷りんこ

小学館

Contents

こころのカルテ

潜入心理師・月野ゆん

＊

「あなたの中の【絡み】はほどきました。もう少し、気持ちを楽にして大丈夫ですからね」

本城《ほんじょう》さんが少しかがんで、子供の姿をした患者に声をかけている。少女は、本城さんを見つめ返して、困ったような顔をした。

死にたい理由を消さないで。

そう願っているようにすら見えた。

「じゃ、戻ろう」

「はい。戻りましょう」

本城さんと私は、三回自分の名前を唱えた。

周囲のもやがぐっと濃くなり、ひゅっと落下に似た感覚がする。

そのとき、ふと誰かの笑顔を思い出した気がした。

一　渇望

私は潜入心理師だ。通称、潜入師と呼ばれている。五年前に認められたばかりの新しい資格で、潜入師による治療は、人の心の「核」に潜入し、【絡み】をほどくことにより、希死念慮《きしねんりよ》を軽減することを目的としている。つまり、自殺を予防する専門職だ。

まだ日本にしかない治療法で、潜入師は十人ほどしかいない。潜入治療をおこなえる場所は全国でも数えるほどしかなく、私の勤めている病院の精神科はそのうちのひとつだ。

ここ、横浜みなと大学病院は、このあたりでは一番大きな病院で、精神科だけでなく、さまざまな外科や内科もそろっている。潜入治療は、当院でもほかの病院でも画期的な成果をあげており、今後、より注目の集まる治療法だろう。

希死念慮の起こる精神疾患の治療方法は長年研究されてきたにもかかわらず、自殺者の増加に歯止めがかからない。セロトニンなどの神経伝達物質の異常が精神疾患の原因であることはわかっていたが、異常が起こる明確な原因までは突き止められていなかった。そこで目をつけられたのが、記憶だった。人の記憶をつかさどるのは脳の海馬《かいば》という部分だけれど、心にとどめている記憶というものが存在するに違いないと推測され、脳と同時に心の研究がおこなわれた。

その結果、心に「核」と呼ばれるものを発見し、日本の研究者は世界的な注目を浴びることになる。発見したのは、心理学博士の滝麗華《たきれいか》だ。

滝博士は、冷静で落ち着いた大人の女性で、かなりの美人。まさに高嶺《たかね》の花といった感じだけれど、実際はとても気さくで親しみやすい。滝博士は研究の第一人者だから、在籍している当院には、潜入治療を希望して入院してくる患者が多い。

目を開けると、あたり一面が白いもやで覆われていた。

いつもと同じように、足元は不安定だ。本城さんはこの感覚を「ウォーターベッドの上を歩いているようだ」と言っていたけれど、私はウォーターベッドの上を歩いたことがないから、低気圧が近づいているときの眩暈《めまい》みたい、と思う。足が地面にしっかりついていない感じ。ゆらゆらというか、ふわふわというか、しっかり踏ん張れない。でも、この感覚の中を歩くことにもだいぶ慣れてきた。

私はあたりを見渡す。まず本城さんを捜さなくちゃ。

本城京《けい》さんは、潜入心理師資格試験の第一回目合格者のひとりで、日本で初めて人の心に潜入した潜入師だ。

潜入師は、実際に患者の心にもぐって【絡み】をほどくダイバーと、患者の心の「地図」を読んで指示を出すアジャスターにわかれている。本城さんは主にダイバーをしており、私が一番憧れている人だ。冷静で仕事ができて、優秀。とても尊敬している。

もやで視界が悪く、遠くまで見渡せない。慎重に歩きだすと、少し離れたところに何かあるのが見えた。ゆっくり近づくと、木でできた家具のようだ。徐々に輪郭がはっきりしていく。これは……ベビーベッドかな。淡いピンクの布団と、赤ちゃんをあやすためのオモチャがついている。赤ちゃんが横になったときに顔の上でくるくる回る、たしかベッドメリーと呼ばれるオモチャだ。でも赤ちゃんはいない。

空っぽのベビーベッドを眺めていると、その横にぼわーっと何か現れてきた。目をこらすと、疲れた顔をした女性だ。んぎゃーんぎゃー！　という激しい泣き声も聞こえてくる。女性は立ったまま無表情で、泣き叫ぶ赤ちゃんを抱いている。この女性は、患者だ。鎮静剤で眠った顔しか見ていないけれど、確かに彼女だろう。ということは、潜入は成功したのだ。

次第にもやが晴れていく。ここはどこかの部屋のようだ。患者の家だろうか。患者が横を見るので視線を追うと、そこには窓があった。カーテンは閉まっておらず、窓の外は真っ暗な闇。時間は夜か。赤ちゃんの夜泣きをなだめているのだろうか。

私は子育てをしたことがないからよくわからないけれど、夜の間ずっと泣いて眠らない子供がいる、というのは聞いたことがある。それは母親の睡眠時間を削るだけでなく、精神的にもかなりダメージが大きいらしい。

背後に気配を感じて振り向くと、部屋の壁が透けていて、遠くにうっすらと人影が見えた。本城さんかもしれない。あいかわらず足元はふわふわしていて歩きにくい。

「月野《つきの》さん、そっちの方向に本城さんいるでしょ」

イヤホンから声が聞こえる。もうひとりの先輩、アジャスターの蓮《れん》さんだ。

蓮まことさんは、地図を読むのが抜群に長《た》けているので、アジャスターとして働くことが多い。精神科の看護師経験もあり、病棟との橋渡しもしてくれる。

「人影が見えます」

「それが本城さんだと思う。合流して」

「はい」

私はもやの中、人影のほうへ急いだ。

「本城さん」

「月野か」

近づくと、人影は徐々に輪郭を持ち、カーキ色の潜入着が見え、今はっきりと本城さんだと認識できた。無事に会えてホッとする。やっぱり一人ではまだ緊張するし心細い。黒髪の短髪で背が高く、精悍《せいかん》な印象の本城さん。この人と一緒なら大丈夫、と思える頼もしい先輩だ。

「潜入できたようだな」

「はい。今あっちで、患者の女性が赤ちゃんを抱いている姿がありました。夜泣きをあやしている様子でした」

「そうか。核を捜そう」

「はい」

人は、心の核の中に一番印象深い記憶をしまいこんでいる。

私と本城さんは、ふわふわした地面を歩きながら核を捜す。私は核を捜すのがうまい。自分でもなぜかわからないけれど、潜入すると皮膚が微《かす》かにびりびりする。そして、核がありそうな方向へ近づくとその感覚が強くなるのだ。体の右側がびりびりしていたら、核は右方向。それを頼りに進むと、ちゃんとたどり着く。この感覚はこの仕事をする上でとても便利だ。

薄いもやの中から何か聞こえる。複数人の声。声のほうへ向かってみると、分娩《ぶんべん》台《だい》にのった患者がいた。出産らしい。

「やっぱり出産の記憶って印象深いんですね」

「そりゃ、命がけらしいからな」

本城さんがそっけなく言う。私と同じく独身で子供もいないから、子供を持つ喜びも苦悩も、共感できないのかもしれない。私はいつか自分も出産するかもしれない、と思うのに、その実感はまったくなかった。

「元気な女の子ですよ〜」

何人かいるうちの誰かが、分娩台の患者に声をかけている。出産は無事に済んだようだ。産まれたばかりの赤ちゃんは赤黒くて、小さくて、大きな声で泣いていた。患者が胸の上に今自分が産んだばかりの赤ちゃんをのせて愛《いと》しそうに抱いている。

自分の体から産まれ出てきた人間を抱くというのはどんな気持ちなのだろう。人間の中から人間が出てくるのは、ちょっとグロテスクだな、と思ってしまう。ある種の高揚感に満ちたその場所で、潜入着姿の私たちだけが異様に浮いていた。

「本城さん、こっちな気がします」

私は場違いな分娩室を出て右側を指す。

「びりびりするか？」

「はい。します」

私は引き寄せられるように方向を決める。

「月野さん、本城さん、向かって右方向が核に近そうです」

地図読みをしているアジャスターの蓮さんから指示が入る。

地図とは、潜入師が潜入しているときにモニターにうつしだされる模様のようなもので、患者の心を反映しているらしい。一見ではよくわからないマーブル模様に見えるのだけれど、それを解読すると、ダイバーの位置と核の位置がわかるのだ。ダイバーに指示を出し正確に核へ導くのがアジャスターの役割だ。

蓮さんの指示と私の感覚は同じ方向を指している。こっちだ、と思う方向へ進むほどに皮膚はびりびりし、いちだんともやが濃くなってくる。私にはわかる。核はこっちだ。

ずいぶん進むと、真っ白い大きなかたまりが見えてきた。ぎゅうぎゅうに詰まった繭のようになっている。私は本城さんと目をあわせて、無言でうなずく。おそらく、ここが核だ。

触ると手がびりびりと痺《しび》れた。そっと指を滑りこませてかき分ける。中に入ると、ホワイトアウトしたような真っ白い空間が少しずつ晴れていった。

目が慣れてきて周囲を見渡す。床は日に焼けて黄色くなった畳。雑誌やペットボトルや空き缶などが落ちていて、かなり散らかっている。狭い部屋に誰かいる。少しずつ輪郭をあらわす人物は、子供一人と大人一人。その二人が向き合って立っていた。子供は、幼少期の患者のようだ。黒い髪は伸び放題でべたついている。服は薄汚れてみすぼらしい。四、五歳に見えるが、しっかり患者の面影がある。もう一人は……、

「わっ」

思わず声を出してしまった。間違いない。ここが核だと、私は確信した。

患者を見下ろすように立っている大人は、おそらく女性のようだ。全身がひからびて、干ばつ地帯の土のように皮膚が茶色くひび割れている。水分を失いざらつい

た肌のかけらが、崩れて周囲に散らばっている。まるで、砂でできたミイラだ。

いったい、誰なのだろう。

「あんたなんか……」

恐ろしい姿になっている女性が口を開いた。

「産むんじゃなかった」

干したトマトのような硬いがさついた唇をゆがめて、女性は言葉を吐いた。それは、患者に向けて放たれた弾丸だった。その瞬間、ピシリと音を立てて皮膚がさらにひび割れる。

私は感情に蓋《ふた》をした。患者に向けられた弾丸の流れ弾で自分が撃ち抜かれないように。

立ち尽くす子供の姿をした患者は、無表情だった。感情を殺して自分を守っているつもりでも、心の核にしまいこんだ記憶は決して消えることはない。

「本城さん、これですね」

「ああ、【絡み】はこれで間違いないな」

希死念慮の強い人は、その核にある記憶をゆがませ、ねじらせ、絡ませている。

それを【絡み】と呼んでいる。

物理的に【絡み】をほどくために、心への潜入方法が研究されてきた。心には、脳にある脳波と同じような心波《しんは》というものが存在する。鎮静剤で眠った状態にし、脳の視床《ししょう》という部位へ刺激を送る。視床は脳波の信号を送るペースメーカーだから、視床への刺激で脳波のペースをコントロールするとそれに呼応して心波もコントロールされる。患者と潜入師の脳波と心波をシンクロさせることで、心に潜入できることがわかった。そうして私たち潜入師は、患者の核に潜入している。

私はゴム手袋をはめて、ひからびた女に触れてみる。ざらついた皮膚は少しの刺激でさらに崩れ落ちそうだ。

「崩れそうです」

「慎重にいこう」

本城さんは、いつも冷静だ。そして、【絡み】をほどくのがとてもうまい。本城さんは、潜入着の大きめのポケットに常備してある潤滑剤を女性にかける。ペットボトルのような容器に入れられている潤滑剤は少しとろみがあって、【絡み】をほどくために開発された薬のようなものだ。

「【絡み】の形状は【渇望】だろう。潤すように潤滑剤をかけながら、周囲に落ちているかけらを体に戻そう」

便宜上すべて【絡み】と呼んでいるが、それらはつぶれていたり膨らんでいたり、要は記憶のままの原型をとどめていない。その形状は、患者の希死念慮の根本にある感情や病状、症状が反映されている。心の傷や患者の求めているものが具現化して【絡み】の形状となっているのだ。形状には、【渇望】【混乱】【圧縮】など、わかっているだけで十種類以上の形があり、それぞれにほどき方がある。資格をとるときに勉強はするけれど、パッと見ではわからないものも多く、経験が必要だ。種類ごとに難易度も変わる。【絡み】をほどく、つまり正しい原型の形に戻してあげると、患者の神経伝達物質が正常に働き、希死念慮が軽減する。心にある記憶こそ、自殺予防に有効だったのだ。

「俺がかけらを埋めていくから、月野はゆっくり潤滑剤をかけ続けてくれ」

「わかりました」

私は女性の頭から潤滑剤をかける。ひびわれた茶色い皮膚に水分がどんどんしみこんでいく。

本城さんは、全身をじっくり観察してから、周囲に散らばっている砂色のかけらを集めはじめた。片手にいっぱいのかけらに潤滑剤をかける。粘土のように柔らかくなったそれを本城さんが女性の首のあたりにそっと塗り込むように埋める。かけらは乾燥した皮膚に少しずつしみいり、ゆっくり一体化した。本城さんは、無言でひとつうなずく。この方法でやっていけば【絡み】はほどけそうだ。

私は潤滑剤を肩や背中にもかけ続ける。最初は砂漠にコップの水をまいているような気分だったが、しだいに体は水分を取り戻し、少しずつ皮膚の色が正常な肌の色に戻ってきた。

本城さんが集めるかけらは順調に肌に吸収され、女性の体は少しずつ緩み、しだいに潤っていく。皮膚のひび割れがおさまり、土色だった顔に血色が戻ってきた。

「よし、これでいいだろう」

最後のかけらを体に吸収させると、ミイラに見えた【絡み】は若い女性の姿になった。脱色した髪にすっぴんの荒れた肌、裾のよれたTシャツにすりきれたデニムを穿《は》いている。女性は人を見下したような嫌な顔をしているが、少なくとも、異《い》形《ぎょう》のものではなくなった。

私は潤滑剤をポケットにしまい、手袋をはずす。

本城さんも手袋を脱いで、腰ベルトにぶらさげているごみ袋へ捨てた。そして、かがんで小さな患者に向き合う。

「あなたの中の【絡み】はほどきました」

ダイバーは潜入して核の【絡み】をほどいたあと長居はしない。下手をすると患者の心に取り込まれて戻ってこられなくなってしまうらしい。また、患者の心に負担を与えてしまうことも多い。ダイバーは自分の名前を三回声に出して自分をしっかり認識した瞬間、潜入から現実世界へ戻ることができる。


「月野さん、気分は大丈夫?」

目を開けるとアジャスターの蓮さんが私の顔をのぞき込んでいた。少年のような少女のような、ジェンダーレスな雰囲気の蓮さんの耳についているピアスは一、二、三、四、五、六個、と数えて自分が正常に戻ってこられたことを確認する。

「はい。大丈夫です。患者さんは?」

「バイタル安定しているし、【絡み】もほどけたから、大丈夫じゃないかな」

「良かった」

白い天井を眺める。ここは、潜入治療のための特別な部屋で、潜入室と呼ばれている。精神科病棟に併設されていて、病棟とスムーズに連携できるような造りだ。

私は寝たまま首を横に倒して、隣のベッドに寝かされている患者を見る。華奢《きゃしゃ》な女性の患者は、やはり潜入したときに赤ちゃんを抱いていた女性だった。あのミイラみたいになっていた【絡み】の正体は、この患者の母親だろう。私たちダイバーは先入観なく潜入するために、患者の情報をほとんど知らされない。患者を眺めながら、【絡み】がほどけて良かったとホッと息を吐くと、患者のベッドを挟んで、奥のベッドに寝かされていた本城さんがむくりと体を起こした。頭に複数のコードのついたヘルメットをかぶっている。

「本城さん、大丈夫ですかー？」

　蓮さんが聞く。

「ああ。大丈夫だ」

　本城さんは少し疲れた顔をしていた。潜入すると疲労する。たぶん、私も似たような顔をしているに違いない。私は、ふーっとひとつ息を吐いて、また天井を見つめた。

「潜入はうまくいったみたいだね」

　潜入室に堺《さかい》先生と病棟の看護師さんが入ってきた。堺先生は隣のモニタールームで潜入を見ていたはずだ。精神科医の部長で、仕事ができてとても頼りになる。日に焼けた肌と体格の良さは趣味のトライアスロンによるもので、スポーツ万能のエネルギッシュな人だ。

「はい。うまくいったと思います」

蓮さんが答える。

「ありがとう。お疲れさま。カルテよろしく」

「はい。よろしく願いします」

堺先生は、患者の脳波シンクロヘルメットと心波シンクロシールを除去している。蓮さんは病棟看護師に患者のバイタルサインなどの申し送りをしていた。患者はこのあとベッドごと精神科の病棟に戻る。今後、症状が軽快してくれるかどうかは、病棟での治療と看護にゆだねられるのだ。

「じゃ、カンファレンスしますか」

蓮さんが言う。

私はゆっくり起き上がり、かぶっていたヘルメットを脱いだ。いつも少し蒸れるから、脱ぐと頭が涼しく感じる。コードがたくさんついていて、ベッドの頭側にある脳波測定器と、さっきまで患者の頭にかぶせられていた同じヘルメットとつながっていた。このヘルメットにはイヤホンがついていて、潜入中もアジャスターとやりとりができるようになっている。潜入先ではヘルメットはかぶっていない姿になっているけれど、声はちゃんと耳に届く。

私は潜入着の首元から手を入れて胸に貼られたシンクロシールを剝がす。シールからもコードが伸びており、ベッドサイドにある心波測定器と、さっきまで患者の胸とつながっていた。湿布のような見た目だが、目に見えないほどの小さな無数の針がついている特殊なシールだ。針といっても痛みはまったくない。

私は腕に巻かれている血圧計と指先の脈拍計をはずす。ヘルメットで乱れた長い髪を結いなおしベッドから足をおろすと、少し立ちくらみがした。

潜入室の壁際に置かれているテーブルに、蓮さんと私と本城さんで顔をあわせて座る。病棟から患者の情報を聞いているのはアジャスターの蓮さんだけで、潜入を終えてから情報を共有し、心の記憶と核と【絡み】について話し合い、患者の潜入カルテをまとめるのだ。

「患者は、二十八歳の女性。うつ病。産後うつが長引き、希死念慮が出現。もともと会社員だったけど、今は専業主婦です。受診の経緯は、子供の乳幼児健診のときにあまりにも患者自身が疲れているようだったから、健診先のクリニックが当院を紹介。問診でかなり希死念慮が強いことがわかって、即日入院しました。でも、ご本人は赤ちゃんを放っておくのは無責任だと思うと言って入院を拒否したから、任意じゃなくて医療保護入院になっています。患者の旦那さんがもともと潜入治療に興味があって、今回本人も了承したので治療が実施されました」

蓮さんが、アッシュ系の明るい色の髪をいじりながら説明する。潜入したとき、赤ちゃんを抱いている患者はたしかに疲れた顔をしていた。

「中はどうでした？」

蓮さんが聞く。

「赤ん坊に関する記憶が多かった。現時点で疲れている直接の原因が育児だからだろう。でも、核は患者自身が子供の頃の記憶だったな」

「そうですね」

私は本城さんの発言で核の中のできごとを思い出し、少し眉間《みけん》にしわがよった。

「ひどかったの？」

蓮さんは、地図読みをするだけで核の内部は見えていない。

「ひどかったですね。いや、いつもひどいですけど」

「どんな風に？」

「たぶん患者の母親だと思うんですけど、幼少期の患者と一緒に女の人がいて……干ばつした土みたいに皮膚がひからびてて、なんか、ミイラみたいでした」

「月野、言葉に気をつけなさい」

本城さんに注意される。

「あ、すいません。けど、ちょっと怖いくらいでした」

「じゃ、母親との記憶が【絡み】？」

蓮さんの質問に、本城さんが答える。

「母親らしき女が幼少期の患者に向かって『あんたなんか、産むんじゃなかった』と言ったんだ。虫けらでも見るような顔だったよ」

「あー、ひどいですね」

「その記憶からずっと逃れられなくて、患者自身が子供を持ったことによって、母親の言葉が改めて重くのしかかってきたんだろうな」

本城さんが静かに言った。

「幼少期の患者は、服装もみすぼらしかったし、大事にしてもらっていた感じはしませんでした。室内も散らかっていて足の踏み場もない状態でした」

私は、核の、幼少期の患者の様子を思い出す。汚れた服、痩せた体、表情のない顔、人が住んでいるとは思えないほど散らかった部屋。今であれば保護されてもおかしくない状態だ。

「そうだな。発言じたい虐待にあたると思われるし、育児放棄もあっただろう。愛情への飢えが、乾いた【絡み】を生み出したのだろう。形状は【渇望】だ」

「しんどいねえ」

蓮さんはふーっと息を吐くと、電子カルテに情報を入力する。

「母親との現在の関係性も要確認、ですね。情報は病棟と堺先生と共有しておきます。幼少期のネグレクトや虐待は、自分も同じことを子供にしてしまうんじゃないかと悩む人も多いですからね。そのあたりも、病棟でフォローしてもらいましょう。……希死念慮、軽減するといいですね」

蓮さんの言葉に、私も本城さんもうなずいた。

午後になると、蓮さんは精神科病棟へ向かった。潜入中のことを病棟看護師と詳しく共有するために、カンファレンスに参加するのだ。

私と本城さんは、午前中におこなった潜入の具体的な内容をまとめる時間だ。潜入先の様子はダイバーしか知らないため、詳細に記録する必要がある。どんな人物がどのくらいいたか、どのように現れたか、どんな場所だったのか。核以外の情報もまとめていく。特に【絡み】がどんな形状で出現し、どうやってほどいたか、その方法を事例ごとに記録しておくことが大切で、すべて滝博士に報告することになっている。

病棟へ報告する潜入カルテでは、【絡み】が「何」であったか、という点が重要だ。患者は何の記憶に囚《とら》われているのか。それを知ることが治療に大きな意味を持つ。方法はどうあれ、根源がちゃんとほどければそれでいいのだ。

しかし、研究の視点では、どのようにほどいたか、ということが大事になってくる。私はまだ体験したことがないけれど、潜入治療をしても【絡み】がほどけずにダイバーが戻ってくるケースもあるらしい。そうなると、一度戻ってからどうやってほどくか相談し、攻略法を見つけてから再度潜入しなければならない。患者にも潜入師にも、負担になる。ほどけなかった場合は患者の希死念慮が強まり、病状が悪化してしまうらしい。過去には患者が目を覚ましてからすぐに自殺しようとした事例もあったらしく、「潜入しておいてほどけない」ということは医療ミスに値する。

一度の潜入で【絡み】をほどかないと危険であるため、事例の収集と報告、共有は大事なことなのだ。

「月野さん、ごはん食べに行かない？」

蓮さんに誘われたのは、仕事を終えて更衣室を出てすぐだった。蓮さんは、男子更衣室も女子更衣室も使わない。フリースペースと呼ばれている、性別に関わらず使える個室で着替えているらしい。

私は蓮さんと一緒に働いて半年以上たつけれど、蓮さんの体と心が男なのか女なのか知らない。最初から気にならなかった、と言ったら嘘《うそ》になるけれど、今ではどちらでも関係ないと思っている。どちらでもいいし、どちらでなくてもいい。蓮さんは蓮さんだ。華奢な体格の、ピアスを六個つけた少年のような少女のような蓮さん。

「行きましょう。お腹《なか》すきました」

「何食べようか～」

「回転寿司《かいてんずし》、新しくできたの知ってます？」

「え、どこ？」

「パチンコ屋の向かいです」

「いいねえ、行こう」

病院を出ると、どこからか涼しい風にのって金木犀《きんもくせい》の香りが漂ってきた。薄手のロンTでは少し肌寒い。

振り向くと、大きな病院がそびえたち、その奥に私の通っていた大学の棟が見える。私は潜入師になりたくてこの大学への進学を決めた。返さなければならない奨学金がまだまだ残っているから、頑張って働かなくては……と、ときどき天を仰ぐ。

「白い巨塔みたいだね」

蓮さんが病院を見上げて言った。

「白い巨塔って何でしたっけ」

「え？　知らない？　財前《ざいぜん》だよ、財前」

「ちょっと、わからないです」

「月野さんは、本読まないの？　まさかドラマも知らない？」

「知らないですね」

「うわー、ジェネギャだわ～」

ジェネレーションギャップといったって、蓮さんだってまだ二十代のはずだ。蓮さんが物知りなだけで、おそらく蓮さんの同級生のほとんどは、白い巨塔を知らないのではないだろうか。

「本城さんなら知っているんじゃないですか？」

本城さんは、もともと会社員をしていて、潜入師の資格ができると知ったときに働きながら勉強をして、資格をとったらしい。たしか今は三十五歳くらいと聞いた気がする。

「本城さんは、月野さんと違って物知りだからね」

「あー、ひどいんですから。なんちゃらハラスメントで訴えちゃいますよ」

「ふん、そんなの怖くないもんね」

蓮さんはへらへらと笑いながら「あー、お寿司何食べようかな~」と歌うように言う。明るい髪色に複数のピアスで少し軽そうに見えるけれど、蓮さんも働きながら潜入師の資格をとった努力家だ。

新しい回転寿司店は、家族連れやカップルでにぎわっており、清潔な店内は平和そのものに見えた。同じ世界に、今この瞬間も死にたくて仕方がない人がいるとは、とうてい思えない。

席につくなり蓮さんがタッチパネルで鰺《あじ》を三皿とエンガワを三皿注文した。

「同じのばかりで飽きません?」と聞くと、

「好きなものだけ食べられるから、回転寿司は好きなんだよね」と笑う。

その笑顔には邪気がまったくなかった。屈託がない。前に本城さんが「蓮は、アジャスターが得意というのもあるが、ダイバーをやるにはやさしすぎるんだ」と言っていたことを思い出した。

「その点、月野は良い具合にドライだから心強い」

そう言って本城さんは真面目《まじめ》な顔をした。褒められたのかけなされたのか、今でもよくわからない。

「本城さんも誘えば良かったですね」

レーンからマグロの皿をとる。赤身は艶があっておいしそうだ。

「ああ、本城さん、お寿司食べないよ」

「そうなんですか」

「うん。前に誘ったとき、苦手で食べられないって言われた。外食じたい、あんまりしないいんじゃないかな」

「本城さんって独身ですよね」

「たぶん」

「自分で料理するんですかね」

「するんじゃない？　よく知らないけど」

私はマグロのお寿司を口に運ぶ。脂が乗っていておいしい。よく嚙《か》んで味わいながら、そういえば、本城さんのことはよく知らない、と思った。本城さんは仕事が終わればすぐに帰ってしまって、オフを職場の人間と一緒に過ごすことがない。たまには食事でも、と思うけれど、実際本城さんとごはんに行ったら、何を話せばいいかわからない気がした。

「本城さんって、正直何考えてるのか、ちょっとわかりませんよね」

「気難しそうに見える？」

蓮さんは鯵のお寿司を飲み込んで、お茶をすする。

「仕事ぶりはすごく尊敬していますが、それ以外の本城さんのことを知らないっていうか、本心が見えない感じです。もっと知りたいんですけど……」

「うーん、そうだね。でも、あの人が【絡み】をほどけなかったのは見たことないし、潜入師としては最高に優秀だと思う。あとは、なんか繊細そうだよね」

「繊細？」

レーンを流れてくる甘えびの皿をとりながら、私は聞き返した。それは本城さんを表現するには、似合わない気がした。クールで、仕事ができて、人を頼らない、芯の強い完璧主義。それが私の尊敬する先輩、本城さんへのイメージだ。

「ぼくには、そう見えるけど」

「私には、すごく強そうに見えます。怖いものなんて何もない感じ。俺にできないことはない！　みたいな」

ええ！　と声を出して蓮さんは驚いた。

「そんなワイルドに見える？　月野さんは、本城さんをちょっと神格化しすぎだよ」

「神格化なんてしてませんって」

「でも、すごい憧れあるでしょう？」

私は甘えびのしっぽを取りながら考える。

「たしかに、憧れはあります。なんたって、日本初の潜入師ですから」

「まあね」

私は、本城さんみたいになりたいと思っている。本人には、言えてないけれど。

「でも、本城さんも人間だからね」

「そりゃ、そうですよ」

そうだけれど、本城さんがすごい人なのは変わらない。私は甘えびのお寿司を口に入れる。甘くてとろとろしていておいしい。そして、さっき思い出したことを口に出した。

「そういえば、私本城さんにドライだって言われたことあります」

「ええ！　月野さんがドライ！」

蓮さんはまた大きな声を出した。

「え、私ドライじゃないですか？」

「自分でもそう思ってるの？　まじで？　人間って自分のことが一番わからないっていうもんね。ぼくから見たら、ウェットもウェット。大ウェットでしょ」

そうだろうか、と首をかしげる。

「じめじめしてる感じですか？　自分ではわかりませんね」

私は、自分をドライなほうだと思っている。それは、無駄に感情移入しすぎないように、気をつけているからだ。

「月野さんは真面目だからな～。自分でドライだって思っている人ほど、内面はじめじめしていたりするもんだよねえ～」

そう言って蓮さんは、鰺を嬉《うれ》しそうに頬張った。

お寿司をお腹一杯食べて、ふたりで歩いた。行きより冷たくなった風に、少し身をすくませる。結局、本城さんについては今日もよくわからないままだった。

誰もいない部屋に帰って、灯《あか》りをつける。スウェットに着替えて、六畳ワンルームの大部分を占めているベッドにばたりと倒れ込んだ。

今日潜入した核の【絡み】が脳内にちらちらと見え隠れする。潜入師は、オンとオフの切り替えがとても大切だ。ほかの医療従事者もそうだと思うけれど、しっかり息抜きをしないと仕事がきつくなる。仕事中にどれほど死にたい人と関わったとしても、その気持ちを引きずっていたら自分の精神がもたない。だから、仕事を終えたらなるべく考えないようにする。自分の時間を大切にする。それが必要なのはわかっているけれど、【絡み】の存在が強烈なときはどうしても思い出してしまう。

「あんたなんか、産むんじゃなかった」

【絡み】となった患者の母親の言葉を思い出す。生きていることを否定されるのは、心が死んでいくようにつらいことだ。それなのに、産んだことじたいを後悔されたら、どれほど苦しいだろうか。

残酷な言葉が脳内に繰り返し響き、思わず両手で顔を覆う。嫌でも思い出してしまうのは強烈だったからだけではなく、【絡み】が患者の「母親」だったからだ、と自分で気づいて、顔を覆った手で気合を入れるようにパチンと頬を叩《たた》いた。考えすぎるのは良くない。私はドライです、って自分で言ったばかりのくせに、と文句を言いたくなる。
明日も仕事だから、お風呂にはいって早く寝よう。

二　圧縮

霧雨で全身が覆われてひんやりする。見上げた空は重く、朝日は拝めなかった。今年の秋は雨が多い。

着替えて潜入室へ着くと、珍しく滝博士がいた。大学時代にお世話になった博士で、潜入研究の第一人者だ。長い髪にゆるいパーマをかけた博士は所作が色っぽい、と会うたび思う。今日はワインレッドのタイトスカートに白衣をはおっている。

「おはようございます」

「おはよう、月野さん。元気そうね」

「はい。おかげさまで」

滝博士と一緒に若い女性がいた。大学生だろうか。あどけない雰囲気を残した女性は、アイドルのようなかわいらしい花柄のワンピースを着ている。

「今日、学生が見学に来ているの。よろしくね」

滝博士が言う。

「萌野舞《もえのまい》といいます。潜入師に憧れて滝博士の研究室に入りました。今日はよろしくお願いします」

かろうじて聞き取れるかどうか、というほどの小さな声で萌野さんは言った。

「月野さんが卒業してから研究室に入った子なの。よろしくね」

「あ、はい。こちらこそ、よろしくお願いします。月野といいます」

私が笑いかけると、萌野さんは小さく頭を下げた。

「おお、月野、おはよう」

そこへ堺先生が入ってくる。

「おはようございます」

「今日は滝さんが学生さん連れてきてるから、見学させてやってくれ。ああ、もう会ったか？　月野の後輩だな」

「はい」

本城さんと蓮さんも出勤してきて、滝博士が萌野さんを紹介する。

「今日は、潜入師の仕事が実際どんなものなのか、見学してもらうだけの予定なので、いつも通りお仕事をしてもらえればいいわ。よろしくね」

滝博士が髪をかきあげて言う。

「じゃ、今日の患者を連れてくる」

そう言って堺先生は潜入室を出ていった。


堺先生と看護師がベッドごと運んできた患者は、若い女性だった。十代後半か二十歳くらいに見える。腕に点滴の針が刺してあり、一定量の鎮静剤とシンクロ用の薬剤が投与され続け、すでに眠っている。潜入中に目覚めることはない。

私と本城さんは、患者の寝かされているベッドを挟むかたちで設置されているダイバー用のベッドで、スタンバイをはじめた。堺先生が患者にヘルメットをかぶせ、胸に心波シンクロシールを貼っている。私は自分でヘルメットをかぶり胸に心波シンクロシールを貼った。堺先生は本城さんのところへ行って作業をしている。本城さんは先に潜入したようだ。横になると、蓮さんが私にバイタルサイン測定用の機器を装着してくれた。

「んー、バイタル安定しているね。だいじょぶ、だいじょぶ」

潜入前はいつも緊張する。蓮さんは、そんな私を和ませるような口調で言った。

準備が整ったところで、堺先生が近づいてくる。

「大丈夫か？」

「はい。大丈夫です」

「では、頼むぞ」

そう言って、私の腕に静脈注射で薬剤を投与し始めた。痛みはない。ただ少し血管が熱い。天井がゆらゆらしてきたところで、そっと目を閉じた。脳波測定器と心波測定器がピッピッと一定のリズムで小さな音をたてている。私と本城さんと患者の三人分の音が揃《そろ》い、シンクロしたか……と思った瞬間、ぐんっとベッドの下に沈む感覚がした。


足元が不安定で、薄暗い。少し目が慣れてから周囲を確認すると、床はつるつるした素材でずいぶん長い。廊下みたいだ。右側に窓があって、その外に見えるのはグラウンド。左側は、教室。ここは、学校のようだ。

背中側が少しびりびりする。核はそっちらしい。まずは本城さんと合流しなければ。

「月野さん、大丈夫？」

イヤホンから蓮さんの声がする。

「はい。潜入しました」

「月野さんのほうが核に近いかも。本城さんとちょっと離れているみたい。捜してください」

「わかりました」

私は、薄暗い学校の中をゆっくり歩き出す。核から離れてしまわないよう、びりびりした感覚が強い方向へ向かう。

廊下の突き当たり、階段の踊り場のところで本城さんを待とうと立ち止まると、見えない角から突然人が飛び出してきた。「わっ」と思わず声が出て後ずさる。

飛び出してきた人は、その勢いのまま廊下に転んだ。中学生くらいの少女だ。制服を着ているから、この学校の生徒かもしれない。転んだ拍子にブラウスがよれてスカートが少しめくれた。その少女の後ろから、同じくらいの年齢の少女たちがたくさんでてきて、廊下に座りこむ少女を見て、馬鹿にするように笑っている。

「死ねよ、ブス」

先頭に立っている少女が言う。ほかの少女たちがくすくすと笑う。ひとりが前に出てきて、倒れている少女にバケツで水をかけた。ばしゃりと水しぶきが飛び散り、頭からずぶ濡《ぬ》れになった少女は黙ったまま、ゆっくり指で額にはりついた前髪を撫《な》でた。まわりの少女たちがケラケラと笑う。携帯電話をかざして撮影している子もいた。

私は、喉元にこみあげる重い感情をどうにか抑え込む。いじめ。その陰湿な響きは、胸を焼くような不快感がある。私はいじめという言葉が嫌いだ。子供同士の問題だから大したことじゃない、という雰囲気を持つ妙な言葉。やっていることは、犯罪行為と何も変わらないというのに。

「月野」

声にハッとして振り向くと、本城さんがいた。

「あっちで、患者らしい女がリストカットをしていた。だいぶ今の患者に近い年齢だったと思う」

私は胸が圧迫されるような気持ちになる。

「そうですか。今ここで、患者はいじめられています」

私は体をよけて、本城さんに少女たちがよく見えるようにした。本城さんは中学生時代と思われる患者と、いじめている少女たちの集団をじっと観察する。そして「そこに倒れている女の子は、患者じゃない」と言った。

「え？」

てっきりいじめられている少女が患者と思っていた。よく見ると、顔立ちが違う。先入観を持たないのが潜入の鉄則なのに、いじめられていたに違いないと思い込んでいた。

「本当だ。別人です。じゃ、この時代の患者はどこですかね」

それぞれの記憶ごとに、その時期の患者がいるはずだ。本城さんと周囲を眺める。

「あそこだ」

本城さんが指した先には、いじめている少女たちの集団の一番うしろで、少しうつむいている少女がいた。それはたしかに、さっき潜入室で見た女性患者の顔だった。

「いじめられていたんじゃなくて、いじめていたってことですか」

「そうだな。被害者か加害者か、と言われれば、加害者だな」

患者は、苦しそうな表情をしていた。両手をぎゅっと握って何も言葉は発さず、棒立ちのまま、いじめている集団の一番うしろにいる。傍観者、というよりは共犯者。主犯格ではないにせよ、いじめの加害者であることにかわりはない。

「核を捜そう」

患者の状態を観察してから、本城さんは静かに言った。

「はい」

ここで私たちがする仕事は、治療であり、医療行為だ。たとえ患者の過去に何があったとしても、それは変わらない。いじめを止めたり咎《とが》めたりすることは仕事ではないし、治療ではない。私は後ろ髪をひかれたけれど自分の役割を言い聞かせて、少女たちを置いて先を急いだ。

蓮さんの地図読みと私の感覚が同じ方向を示している。それに従って階段をのぼる。一番上まで行くと、扉があった。鉄製の扉で、鍵が壊された跡がある。本城さんがゆっくりと扉を開けると、視界がぱっと明るくなり、一瞬目がくらんだ。

「屋上だな」

「そうですね」

「ここが核か?」

扉を開けた瞬間から、私は全身がびりびりしていた。

「そうだと思います」

広い屋上は日差しを遮《さえぎ》るものがなく、暑かった。炎天の下、屋上のはじに誰かいる。

「本城さん、あそこ」

「ああ、誰かいるな。患者か」

ゆっくり近づくと、制服姿の患者だった。うずくまって泣いているが、潜入室で見た女性だった。すぐそばの柵の内側に、ローファーが一足きれいに並べてある。

「まさか」

本城さんが屋上の柵をつかんで下をのぞく。

「おい、月野」

嫌な予感がわきおこる。太陽に熱された柵をぎゅっと握って、覚悟を決めて下をのぞいた。

——ああ。言葉にならない声がもれる。ローファーがそろえられた柵の真下の地面に、血まみれの少女が倒れていた。足と腕が奇妙な方向に曲がっている。飛び降りたのだろう。

「あれが【絡み】ですかね」

「ちょっと遠いな」

本城さんが冷静に言う。屋上から真下のアスファルトまで四階分ある。患者と【絡み】はもう少し近くにあるはずだ。うずくまって泣いている患者のほうを振り向いたとき、私は異様なものを見つけた。

「本城さん、患者の手元」

患者は、両手を胸の前あたりで握り合っているように見えるが、それは直径五センチくらいの大きさしかなかった。うすだいだい色と何かが混ざった、小さな塊になっている。

「【絡み】は、これだな。形状は、【圧縮】か……」

本城さんはじっと観察してから「まずは、じっくりほぐしていこう」と言った。

本城さんが、手袋をして、潤滑剤を小さな塊にかける。そこへ、ゆっくり指を差し込んだ。

「けっこう硬いな」

【絡み】が何か、形状が何の種類なのかは、潜入してみないとわからない。だから、ダイバーには、その場で形状を判断してほどき方を考える臨機応変な対応力が求められる。

「潤滑剤に浸して、柔らかくしよう」

たっぷり潤滑剤をかけて、硬い塊に揉《も》みこむようにすりこんだ。きつく固まった綿がふやけるように、しだいに柔らかくなっていく。

小さな塊は、患者の手と紙のようなものだとわかってきた。

本城さんが、手と紙によりわけていく。皮膚のような色、紙の水色、インクの黒、繊維質な紙。私も本城さんのやり方をまねて、潤滑剤をかけながらうすだいだい色を少しずつ手のほうへ寄せていく。しだいに手は立体的になり、紙は平面になっていく。薄い水色の紙の上に黒い文字が浮き上がってきた。

「これは、手紙でしょうか」

「どうだろうな。もう少しだ」

炎天の屋上での作業は想像以上に過酷だった。本城さんが、額の汗を潜入着の腕で拭う。少しずつ手と紙との境界がはっきりしてくる。

「ああ……」

本城さんが、読めるようになってきた文字をじっと見て息を吐いた。

「これは手紙じゃなくて、遺書だ」

「遺書?」

強い日差しを受けて、本城さんはまぶしそうに目を細めた。

「飛び降りた生徒が書いたんだろう。読んでみろ」

私は、紙をのぞき込む。黒い手書きの細い文字は、中学生になってから受けてきたいじめの数々と、関わった生徒の名前を詳細に記していた。その内容は目を覆いたくなるほど残酷で、やはりいじめは犯罪行為だ、と思った。

「こんなことに加担してしまったことへの罪悪感が、【絡み】でしょうか」

「それもあるかもしれないが……」

そう言いながら、本城さんは【絡み】をほどききる。手と遺書はくっきりと境界を持ち、それぞれが独立したものになった。これがもともとの正常な形だろう。

「見ろ。この遺書、患者の手で握りしめられてないか」

たしかに患者の手は遺書を強く握っており、遺書にはしわが寄っている。今にも握りつぶそうとしているように見える。本城さんは、泣いている患者に話しかけた。

「なあ、君。もしかしてこれを、隠蔽《いんぺい》したのか？」

その言葉に患者はハッと顔をあげる。本城さんの顔を見ると、うわーと声をあげてさらに泣いた。

「いじめに加担してしまい、被害者を自殺に追いやっただけでなく、その遺書に自分の名前が書いてあることを確認した患者は、その遺書を隠蔽したんだ。そのことを、ずっと後悔しながら生きてきたんだろう」

患者は、しゃくりあげながら泣いている。まさかそんな身勝手なこと、と思ったけれど、号泣している姿を見れば納得させられた。

「君のやったことが許されることはないだろうが、もしこの遺書を書いた人物の遺族に会えるなら、謝りにいけばいい。許してはもらえないかもしれないが、君にできることはそれくらいしかない」

本城さんは淡々とした口調で患者に声をかけると、「戻るぞ」と言った。

「はい」

私は、やりきれない気持ちのまま自分の名前を唱える。

「私は、月野ゆん、月野ゆん、月野ゆん」

「俺は、本城京、本城京、本城京」

ふっと落下に似た感覚がした。

目を開けると、私の顔をのぞき込んでいるのはかわいらしい学生さんだった。

「月野さん、大丈夫ですか」

信じられないほど声の小さなこの学生さんの名前は、萌野舞さん、と思い出して、現実に戻れていると認識する。

「大丈夫です」

そう言いながら、首を倒して隣のベッドにいる患者を眺める。屋上で嗚咽《おえつ》していた中学生時代の姿がダブって見えた。この人は、いつまでも自分の犯した罪を背負って生きていくのだ。重すぎるが、自分で背負うしかない罪を。【絡み】をほどいて希死念慮が軽減しても、記憶が消えるわけではない。

「本城さん、大丈夫ですか？」

萌野さんが小さな声で本城さんに声をかけている。

「ああ、大丈夫だ」

萌野さんのペタペタとした足音が聞こえ、「おふたりとも、大丈夫だそうです」と蓮さんに報告する声が聞こえた。

「ふたりが大丈夫そうならカンファレンスしますから～」

蓮さんが言い、私はゆっくり起き上がった。萌野さんの様子を滝博士が壁にもたれて眺めている。うっすら微笑《ほほえ》んでいるように見えた。

「患者は、二十三歳の女性。うつ病。十代から今まで、リストカット、アームカット、大量服薬、ハンギングなど複数回の自殺企図《きと》あり。希死念慮は強いです。中学を卒業後、高校へ進学してますが、半年で退学しています。ほとんど行ってなかったみたいです。それからずっと実家に引きこもり。精神科の入退院を繰り返していますが、希死念慮は軽減せず、今回家族が潜入治療を希望。本人は積極的ではなかったが、家族の強い希望で実施、といった感じです」

蓮さんが患者情報を読み上げる。患者は、鎮静剤が切れる前に堺先生によって病棟へ戻されていた。

「現在、希死念慮に結び付く具体的なストレスはないのか？」

本城さんが聞く。

「そうですね。家からほとんど出ないみたいですし。十代から企図を繰り返してはいますが、家族にもどうして死にたいのか、話すことはないそうです」

「それだけ聞くと、純粋なうつ病というより、統合失調症かパーソナリティ障害のようね。幻覚妄想があったら潜入治療の適応ではないから統合失調症ではないのでしょうけれど、見捨てられ不安はないのかしら」

滝博士がつぶやく。見捨てられ不安とは、相手と離れることへの強い恐怖や不安のことで、なりふりかまわず相手をひきとめようとする、パーソナリティ障害に多い症状のひとつだ。

「そこは、堺先生に確認しておきます」

蓮さんが答える。萌野さんは一生懸命、メモをとっている。わからない言葉をあとで調べようと思っているのかもしれない。

「中はどうでした？」

「患者が希死念慮の原因を誰にも話さないというのは、納得だな」

本城さんが無表情で言う。

「というと」

「俺が潜入したところで患者は、リストカットをしていたよ。だいぶ今の患者に近い年齢だと思う。月野がいたのが、中学生くらいのときの患者の記憶だったんだが、核はそこにあった」

なあ、といって私に話をふる本城さん。

「はい。患者の通っていた学校でいじめがあったみたいなんです」

蓮さんが眉間にしわをよせて不快感を示す。

「患者がひどくいじめられていた？」

「私も最初そう思ったんですけど、加害者のほうでした」

「じゃ、いじめていたことを後悔して？」

「そうですね、たぶん。でも、【絡み】になったのはそれだけじゃなくて」

説明しようとする私に、みんなが注目した。

「患者もふくめ、集団でいじめていたと思われる被害者の女子生徒が、屋上から飛び降りて亡くなっていました。そこに遺書があったんですけど、いじめの詳細な記録と、いじめていた生徒たちの名前が書いてありました。いじめは凄惨なもので、犯罪行為だと感じました。患者はそれを発見したのですが、その遺書をなかったことにしたんです」

「ええ？」

「隠蔽したようでした」

「まさか」

蓮さんが驚く。

「本城さんが指摘すると激しく泣いていたので、たぶん本当だと思います」

「だから、誰にも希死念慮の理由を言わないのか」

「はい。たぶん遺書を隠蔽したことを誰にも言っていないのだと思います。いじめていた過去ですら言いたくないのに、自殺してしまった同級生の遺書を自分の保身のために隠蔽したとなれば、誰にも言えないのもうなずけます」

「でも、その罪悪感にひとりで耐えられなかったんだろうな。【絡み】は、その遺書と、遺書を握りつぶそうとしていた手だ。形状は【圧縮】。おしつぶされそうでどうしようもなかった罪悪感の重圧が【絡み】を【圧縮】したんだろう」

蓮さんがため息をつく。滝博士は自分のタブレットに情報を記入していた。一瞬の静かな間のあと、ずっずっ、と洟《はな》をすする音がして、見ると学生の萌野さんが目を赤くして鼻水をたらしていた。

「萌野さん、どうしたの！」

思わず声をかける。萌野さんは恥ずかしそうに下を向いた。

「あら。萌野にはちょっと刺激が強い話だったかしら」

滝博士が自分の学生の背にそっと手をあてる。

「す、すみません。こんなにシリアスな、残酷な、やりきれない記憶を、潜入師の方たちは、いつも目の当たりにして治療してるんだと思ったら、なんか、ちょっと……」

小さな声で萌野さんは話しながら、滝博士に渡されたティッシュで自分の涙をふき、音をたてて鼻をかんだ。

「ショッキングか？」

本城さんが問う。

「は、はい。正直、ショッキングでした」

萌野さんは小さな声で言った。

「希死念慮は、死にたい人だけがつらいんだと思っていました。でも、その希死念慮の原因になった記憶には、ほかの誰かのつらさもあるってことで。いじめられていた方が飛び降りて亡くなっていたなら、その方にも希死念慮があったはずで、でももうその方の希死念慮は消せなくて、今治療しなきゃいけないのはいじめていたほうの患者さんで……患者さんも後悔しているのだろうし……。すみません、うまく言えないんですけど、ショッキングでした」

小さな声で話しながら、涙をぬぐった。

「ショッキングじゃない核や【絡み】なんて、ないと思っていたほうがいい。潜入師になったら、毎日そんなものばかり見ることになる」

本城さんの言い方は冷静で、内容は的を射ていた。

「でも、患者の【絡み】を見ても、衝撃を感じない人間は潜入師に向いていないと俺は思う」

萌野さんが顔をあげて本城さんを見る。

「俺は五年、潜入師をやっているが、今でも【絡み】には胸をつかれる。毎回、見るたび同じだ。この気持ちが薄れてきたら、俺はまずいと思っている。いつもちゃんと真正面から患者の核と【絡み】に向き合いたい。そのためには、ちゃんとショッキングだと認識できるようでいたいと思っている」

本城さんは、真面目な顔をしていた。

「だから、君が本当に潜入師になりたいと思っているなら、今感じたことをこれからも大事にしてほしい。ただ、苦しいときは我慢してはいけない。必ず誰かに相談するんだ」

「はい。ありがとうございます」

萌野さんが聞き取れないほど小さな声で言った。滝博士が、ほんの少しだけ口角をあげたように見えた。

本城さんが潜入に関して意見を言うことは珍しい。なかなか本音を吐かない人なのだ。私は少し驚いたし、嬉しい気がした。当の本城さんは、もう萌野さんのことは見ておらず、難しい顔をしてじっと壁を見つめていた。

午後の仕事を終えて更衣室で着替えていると、スマホが振動した。滝博士からのラインだ。

『萌野さんと食事に行くけれど、一緒にどう？　蓮くんも誘いました』

萌野さんは今日泣いていたから、ちょっと気になっていた。一緒にごはんが食べられるなら、ぜひ行きたい。そうだ、と思い立って本城さんにもラインをしてみた。今日珍しく本音を語ってくれた話の、続きを聞きたい。

『俺は遠慮するよ。楽しんでおいで』

絵文字も何もない返信に、私は肩をすくめた。

蓮さんと滝博士と萌野さんの四人で、病院を出て歩く。朝から降っていた雨はあがっていて、濡れた草木の匂いがした。空気が冷たい。私はパーカーのそでを伸ばして手を覆う。今日は核の中が真夏だったから、季節感がおかしくなる。

屋上での作業は、大変だった。本城さんも汗をかきながら【絡み】をほどいていた。本城さんは仕事が大変だった日、その気持ちをどう解消しているのだろう。

みんなでそろって歩く足元は、濡れたアスファルトが街灯を反射して光っていた。

滝博士が予約しておいてくれたお店は、おしゃれな居酒屋さんだった。店内BGMにジャズが流れている。ホテルのウエイターのような黒い蝶《ちょう》ネクタイをした店員さんが、広めの個室に案内してくれた。

メニューを見ると、意外とリーズナブルで、食べ物の種類も多い。蓮さんはビールを注文し、滝博士と萌野さんはハイボール、私はウーロン茶を注文した。ほかには適当に、サラダや串盛りを注文する。萌野さんはもう泣いてはいなかった。消沈した表情でもなかったため、私は少しホッとする。店員さんが飲み物を運んできた。

「じゃ、とりあえず乾杯ね」

滝博士がグラスを持つ。

「潜入師の未来に」

そう言う滝博士に、大袈裟《おおげさ》だな、と思いながらグラスを合わせた。ガチャンという音をたてて軽くグラスがぶつかる。冷たいウーロン茶は香りがよくておいしかった。

「萌野さん、もう大丈夫？」

声の小さな学生さんは、ハイボールをちょびちょびと飲んでから、私を見た。

「はい。すみませんでした。大変なのはみなさんなのに、私が泣くなんておかしいですよね。ご迷惑をおかけしました」

「いや、全然迷惑とかじゃなかったよ」

蓮さんが、店員が運んできた串盛りを受け取りながら言う。

「泣いちゃう潜入師って聞いたことないけど、泣きたくなるときは実際あるからね。

仕事してたらそうも言っていられないけど。だから、泣きたいと思ったときに泣けるのは、ちょっとうらやましいかも」

蓮さんの言葉を聞いて、その通りだと思った。今まで、何度となく目を覆いたくなるような場面はあった。でも、泣いたことは一度もない。

「たしかに、泣きたいときに泣けるのって、仕事しだしたらないかもですね」

「少なくとも、勤務時間中はね」

「どうしてそんなに強くいられるんですか？」

私と蓮さんのやりとりを聞いていた萌野さんが、小さな声で言った。

「うーん。強いってわけじゃないんだけど」

なんて言ったらいいのかなあ〜、と言いながら蓮さんは焼き鳥を頰張った。どうして強くいられるか、なんて考えたこともなかった。そもそも、強いとは何だろう。患者の【絡み】をほどけることなのか、【絡み】と向き合えることなのか……。

「潜入師も大変だけど、一番つらいのは患者さんだから、かな」

私は思いついたことを言った。

「一番つらいのは、患者さん？」

「そう。私たちは、患者さんの【絡み】と対面して、うわって思ったり、きついなって思うことはあるけど、それを心の核に持っているのは、患者さん自身でしょう？　だから、それを見ているだけの私たちより、抱えている患者さんのほうがつらいはずで……だから潜入が必要なわけだし」

萌野さんは私をしばらく見つめてから、ほおーっと長い息を吐いた。

「その通りです。【絡み】と向き合う潜入師さんの大変さばかり気になっていました。鎮静剤で眠っているからあまり意識できていませんでしたが、どんなベッドサイドケアよりも患者さんの心に寄り添うケアですよね」

小さな声の、言葉遣いが気になった。

「萌野さんって医療関係の勉強してたの？」

ベッドサイドケアなんて、医療従事者くらいしか使わない言葉だろう。

「あ、そうなんです。実はほかの大学の看護学部に通っていました。看護師になって精神科で働きたいと思っていたのですが、心理学にも興味があって……精神科の授業で潜入師のお仕事を知って、滝博士のいらっしゃる大学に編入したんです」

「そうだったんだね。じゃ、即戦力だ」

私は笑いかける。萌野さんは、少し苦笑した。

「看護学部の実習でも患者さんを受け持つことはありましたが、潜入の現場とはやっぱり違いますね。意識のある、起きている患者さんは、嘘をつくこともあります。怒られないように、薬の飲み忘れを隠しちゃう患者さんもいらしたし、看護学生には悩みを言わないなんて方もいらっしゃいました。でも、潜入の場合、そういった人間の表面の部分は全部とっぱらって、じかに心に潜入するから、隠しようがないんですね。今日の事例で思い知りました」

たしかに、潜入先では嘘のつきようがない。一番印象深い心の記憶をしまっている核に直接潜入するからだ。自分でも自覚できていないものを他人にのぞかれるのは、いい気がしないかもしれない。

「あんまり気負わないでね。私も新人でまだまだ未熟だし、先輩たちが一緒にいろいろ教えてくれるから」

見学で嫌になるくらいなら潜入師にはならないほうがいいと思うけれど、やりがいのある仕事だと、わかってもらいたい気持ちもあった。

「はい。気負わない程度に、でも気を引き締めて、先輩たちみたいな潜入師になれるように頑張ります」

小さな声で萌野さんが言う。私は、またひとくちウーロン茶を飲んだ。

「月野さん、ずいぶんたくましくなったわね」

滝博士が長い髪を後ろで結いながら話す。

「え……ありがとうございます。せっかく滝博士のところで勉強させてもらったので、現場で少しでも役に立ちたいと思っています」

私の言葉に、滝博士は少し目を細めて微笑んだ。

「月野さんの、そういうところ変わらないわね」

「え……どういうところですか?」

「なんていうのかしらね」

少しもったいつけてから、滝博士は私にだけ聞こえるようにこそっと言った。

「自分が何かの役に立っていないと不安になるところ」

うっと息を呑《の》んだ。滝博士の言葉はいつも、直球で胸をついてくる。

「……そんなことないですよ」

ごまかして見せるが、滝博士の言葉はいつも的確に私の芯を食う。私は、見透かされたような気になって、箸で鶏肉《とりにく》のから揚げを突き刺した。

「あんまり無理しないでね」

肩に置かれた手が温かい。

「無理なんかしていませんよ」

苦笑して返す。滝博士に、堺先生に、本城さんに、蓮さんに、私は役に立つと思われたい。認められたい。それは事実だ。そんな感情に、自分で気づいている。でも、今はそのことは考えたくない、と思う。気づいていることと、しっかり向き合うことは違う。私は慌てるような気持ちで、口に入れたから揚げをわしわしと乱暴に嚙んだ。

三　願望

潜入室の窓から広い秋の空が広がっている。通りのイチョウが薄く色づいているのが見えた。

ブラインドを閉めて室内へ向き直ると、堺先生が部屋に入ってきた。ベッドに寝かせて運んできたのは中年の女性だった。痩せていて、少し神経質そうな印象を受ける。

私は潜入用ベッドに座って準備をはじめた。もう何度も潜入しているけれど、やはり毎回緊張する。どんな核だろうか、どんな【絡み】だろうか、無事にほどけるだろうか。

脳波シンクロヘルメットをかぶり、心波シンクロシールを胸に貼って、横になる。天井を見つめてひとつ大きく深呼吸をした。

本城さんは、【絡み】に慣れたらよくないと言っていた。この緊張は、医療現場に必要な集中力を維持できている証拠だ。そう捉えて、大丈夫と気持ちを落ち着かせる。蓮さんが近づいてきて、血圧計と脈拍形をつけてくれた。

「バイタルオッケー。リラックス、リラックス～」

いつものように微笑んでくれる。

「大丈夫か？」

堺先生がやってくる。

「はい。大丈夫です」

返事をすると「じゃ、頼んだぞ」と言って、私の腕に注射をする。一瞬、腕が熱い感じがして、患者とシンクロした私はぐっとベッドに沈んだ。

灰色の雲の中にいるようだった。じっとして周囲を見渡す。少しずつ雲が薄くなっていくと、そこは薄暗い室内だった。物はあまりない。大きなベッドに誰かが横になっている。患者だろうか。

コンコン、と部屋のドアがノックされた。音のほうへ目をやると、ドアを開けて中学生くらいの女の子が部屋へ入ってきた。

「お母さん、ごはん食べられる？」

布団にもぐっていた人が、もぞもぞと体を起こす。少しむくんだ顔をしていたが、それはやはり患者だった。潜入室で見た姿と、年齢も変わりないように見える。ごく最近の様子だ。

「食べたくない」

患者が小さな声で答える。

「ここ、置いておくからね。少しでも食べてね」

女の子はベッドサイドにある小さなテーブルにうどんのようなものを置いて、部屋を出ていった。患者は湯気の立ち上る器をじっと見たあと、手をつけずにまた布団にもぐりこむ。

「月野」

声に振り向くと本城さんがいた。

「患者か？」

「そうだと思います。今、中学生くらいの女の子が、食事を運んできましたが、食べたくないと言ってまた寝ました」

「ごく最近の様子かもしれないな」

「はい。年齢的にもそうだと思います」

「核を捜そう」

「はい」

私は皮膚がびりびりするほうへ歩き始める。

「月野さん、本城さん、合流しました？」

イヤホンから蓮さんの声がする。

「合流しました」

「そのまま直進してください。核はそっちだと思います」

「了解です」

私のびりびりする感覚と同じ方向だ。

しばらく歩くと目の前にドアが浮かび上がってきた。どこにでもあるような普通の木のドアだ。

「殺してやる！」

突然ヒステリックな大きな声がしてびくりと体をふるわせる。ドアの中から声が聞こえた。

「ついたか……」

本城さんがつぶやく。

「すごくびりびりします。この中が核だと思います」

ドアの中から感情的な声が聞こえてくる。何か諍《いさか》いが起きているのは確実だった。

ふと横を見ると、ドアの横にさっき食事を運んでいた女の子がいた。

「本城さん、さっき患者に食事を運んでいた女の子です」

「家族かな。核の一部か」

「【絡み】ではありませんね」

「ああ、【絡み】はドアの中だろう」

「じゃあ、あの子は【絡み】になりうるものを見るか聞くか、していたのでしょうか」

本城さんは、少女を一瞥《いちべつ》してから「だろうな」と言う。

「今は患者本人の核が先だ」

本城さんは、ドアノブをつかみ、ゆっくり開けた。

「殺してやる!」

叫んでいるのは患者だった。その先にいるのは、男性と女性。その女性が、【絡み】だった。

「これは……」

本城さんが、思わずといった様子で立ち止まる。私も足を止めた。その女性は、刃物でめった刺しにされたように胸から腹にかけて服が引き裂かれ、肌は傷だらけで、痛々しく流血していた。足元にぼたぼたと流れる血液で血だまりができている。

本城さんは【絡み】である女性からも患者からも少し距離をとって眺めている。患者は、ヒステリックに叫び続けていた。

「殺してやる！　泥棒猫！　死んで詫《わ》びろ！」

「月野、気をつけろ。患者が刃物を持っている」

「え！」

あわてて目をやると、患者は包丁を握りしめている。

「これは、本当にあった傷害事件か？」

「どうなんでしょう。でも、あれは【絡み】ですよね」

流血した女性はまったく痛そうなそぶりは見せず、少し困ったような顔で立ち尽くしている。あれだけ刺されていたら普通は立っていられないだろう。

「ああ、そうだな。実際の姿ではないはずだ。形状は何だろう……」

その間も、患者は叫んでいる。

「潜入中に私たちが刺されるなんてこと、ありませんよね」

私は恐ろしくなって本城さんに確認してしまう。こんなに患者本人が興奮している核は初めてだ。

「ない……はずだ」

本城さんも、断言はしなかった。

「俺が【絡み】をほどくから、月野は患者を監視していてくれるか？　万が一でも刺されたらたまらない」

「あ、はい」

私は患者と【絡み】の間に入って、患者が近づかないように見ていることにした。その隙《すき》に本城さんが【絡み】に近づく。

「殺してやる！　あんたなんか生きてる資格ないわ！」

患者は叫び続けている。包丁を握りしめて興奮している人間を目の前にすることなんて初めてだから、恐怖で体が震えた。今にも襲い掛かってくるのではないかと思うほど患者は殺気立っている。

【絡み】の形状は何だろう、あんな血だらけのをどうほどくのだろうと、本城さんの作業も気になってしまう。ちらっと振り向くと、潤滑剤をかけながら皮膚を触っていた。よく見えないからあとで教えてもらおう、と思って前へ向き直ると、患者が目の前まで迫ってきていた。

「きゃっ」

びっくりして思わず叫ぶ。

「どうした！」

「すみません！　大丈夫です！」

私の目の前まで迫っていた患者は包丁を握りしめたままであったが、私のことはまったく見ておらず、【絡み】になっている女性だけを見つめていた。私のことなど眼中にないといった様子だ。

私は、おそるおそる患者の肩に手をやって「少し下がってくれますか？」と静かに話しかけてみる。患者は全身に力を入れている状態のままだったが、私に押されるように少しだけ後ずさった。緊張で背中に冷たい汗がつたう。

今までにも怖いと思う核は何度もあったが、自分に実害があるかもしれないと思ったことはなかった。本城さんも言っていたけれど、核の中で刺されるなんてことがないとは言い切れない。私はとにかく患者を刺激しないよう、そっと見守ることしかできなかった。

「よし、ほどいたぞ」

いつも以上に急いだ様子の本城さんの声を聞き、私は患者から距離を取りつつゆっくり振り返る。本城さんが、真っ赤に汚れたゴム手袋を腰ベルトからさげているごみ袋へ捨てた。その先にいる女性は、無傷だった。

「形状は【願望】だった。実際の姿は、まったく怪我《けが》をしていない。本当の傷害事件じゃなくて良かったな」

本城さんが苦い顔をする。おそらくだけれど、本城さんもいつもと違う緊張感を持っていたのかもしれない。

「あなたの【絡み】はほどきましたよ。本城さんが包丁を持っている患者へ少し近づく。恨んでいる相手なんですか？　でも、傷つけないで良かったですね。これからも、物騒なことは考えないようにしてください」

本城さんの声かけにも患者は無反応で、女性をにらみつけるだけだった。

「戻ろう」

「はい」

「俺は、本城京、本城京、本城京」

「私は、月野ゆん、月野ゆん、月野ゆん」

足元からひゅっと落下した。


目を開けると、蓮さんが私の顔をのぞき込んでいる。色白の耳についている六個のピアスが、今日は銀色。

「月野さん、一回きゃって声出したけど、大丈夫だった?」

患者に刃物を向けられて驚いたときかもしれない。

「すいません、大丈夫です。ちょっとびっくりすることがあって。でも、大丈夫でした」

「良かった。バイタルは安定しているよ」

そう言ってから、蓮さんは本城さんのベッドに近づいていった。

ときどき怖い夢を見ているとき、自分の叫び声に驚いて目を覚ますことがある。似たようなことが潜入中でも起こるのだな、と思った。いつもと違う恐怖があったからか、手にじっとりと冷たい汗をかいている。

「患者は、四十歳の女性、抑うつ状態。去年、夫の不倫が発覚して、夫婦関係がこじれて毎日ケンカが絶えなかったようです。その頃から、不眠、不安、食欲不振、体重減少、極度のイライラ、希死念慮などが出現。今は夫と別居中。最近は、布団にもぐって毎日何もせずに過ごしていたが、娘に勧められて心療内科を受診。そこで潜入治療のことを知って、本人が希望して当院を受診したようです」

蓮さんが説明する。

「ああ、じゃ、あの三人は患者と夫と不倫相手か」

本城さんがそっけなく言った。

「三人？」

「核に三人いたんだ。患者と男と、【絡み】は女だった。核の中で患者は包丁を【絡み】に向けて『殺してやる』と叫び続けていたよ」

「ええ、怖い」

「ああ、怖かったな」

本城さんが真顔で言った。本城さんはショッキングなものともちゃんと向き合うと言っていた。自分の恐怖心も恥ずかしがらずに認める人だから、やっぱり信頼できるし尊敬する。

「核の中で患者があんなに興奮しているのは初めて見た。俺が【絡み】をほどいている間、月野に患者を見ていてもらったよ。刺されたらたまらないからな。潜入中に患者から暴力を振るわれる可能性があるのか、今度滝博士に確認したい」

「じゃ、月野さんが声を出したのって」

「はい。本当に一瞬ですけど、患者から目を離した隙に目の前に包丁を向けられて、驚いて声を出してしまいました」

「そりゃ、叫ぶね。怖かったでしょ」

「……怖かったです」

潜入中だったけれど、体感は実体験と変わらないから、恐怖感は現実のようだった。思い出してもドキドキする。

「【絡み】は、おそらく不倫相手と思われる女性で、めった刺しにされたように怪我して流血していたよ。でも、ほどいたらまったくの無傷だった。形状は【願望】だ。今後も物騒なことは考えないように、と患者に伝えてはみたが、聞こえている様子ではなかった。潜入しても憎しみを消せるわけではないから、希死念慮は軽減したとしても、苦しい気持ちは変わらないかもしれないな」

本城さんは静かに話した。蓮さんはカルテに入力している。

「そうだ、蓮。患者の家族構成はどうなっている？」

本城さんが聞く。

「えっと、さっき話したとおり夫とは別居中で、十三歳の娘さんと十歳の息子さんが患者さんと一緒に住んでいますね」

「ああ、じゃ患者の看病をしていたのは、十三歳の娘か。患者に受診を勧めたのも娘さんと言っていたな？　ずいぶんとしっかりした子だ」

本城さんが腕組みをする。

「いわゆる、ヤングケアラーというやつだろう。うつ状態の母親の看病だけでも大変なのに、その元となった両親と不倫相手の修羅場も、彼女は見聞きしていたのか。娘さんが心配だな」

「核に娘さんもいたんですか？」

「核の入り口になっているドアの前にいた。中からの声が聞こえていたから、おそらく娘さんも実際にあの場所にいて、母親の声を聞いていたのだろう」

「潜入カルテに書いておきますね。堺先生にも情報を共有して、病棟でも娘さんをフォローしてもらうよう伝えておきます」

「そうしてもらおう。十三歳であれは、さすがに大変だ」

本城さんと蓮さんのやりとりを聞きながら、私が子供の頃は、ヤングケアラーなんて言葉はまだ浸透してなかったな、と思った。

母親の寝室に食事を運んでいた女の子の姿を思い出す。親の具合が悪いとき、その看病をするのはだいたい子供だ。その年齢では普通しなくていい心配や配慮をし、家事もして、遊びに行かず、「死にたい」と言う親をなだめ、看病する子供。最近はようやく、子供が看病や介護をしている状態を問題視する流れが出てきたけれど、まだまだ見えない場所でそのような境遇に置かれた子供はたくさんいるのだろう。

私もヤングケアラーだったのだろうか……とぼんやりと思った。でも、深く考えるとつらくなりそうだから考えるのはあとにしよう、と思考を無理やり追いやる。物事に向き合わないでいることが、最近上手になってきてしまっている気がした。

本城さんに【絡み】をどうやってほどいたのか聞くと、潤滑剤をかけて傷を一つずつふさいでいったらしい。

「いつもより急いだ。思っていたより時間がかからなくて良かった」

と淡々と教えてくれた。

仕事を終えて更衣室を出ると、廊下の先に本城さんが歩いていた。

「お疲れさまです」

長身の本城さんがゆっくり振り返る。私服姿は、グレーのシャツにデニムというシンプルな服装だった。

「ああ、お疲れ」

「本城さん、蓮さんも誘ってごはん食べに行きませんか?」

今日潜入した核は、いつもと違う緊張があった。それを、本城さんはどう思ったのか聞きたいと思った。でも本城さんは「あー……」とうなるような声を出してから「すまん、外食はしない主義なんだ」と、なぜか少しつらそうな顔をして言った。

「ベジタリアンとか、ビーガンみたいなものですか?」

私の質問に、本城さんは何を聞かれたのかわからないという顔をして、首をかしげて黙った。他人様の思想について直接聞くなんてさすがにデリカシーがない、と私はハッとして、

「すみません、変なこと聞いて。別に、理由は何でもいいんですけど、外食をしない主義ってなんだろうって、気になってしまって……」

と言い訳めいたことをおどおどと口にした。

「ああ、そういうことか。別にベジタリアンやビーガンではない。思想で外食をしないわけじゃなくて、ただあまり好きではないというだけだ」

怒らせてしまったわけではないようだった。やっぱり本城さんは何を考えているのか把握しにくい。つかみたいのに、するりと逃げられてしまう。

「本城さんは、仕事がつらいときって、どうしていま……」

「仕事がつらいのか？」

私が質問し終わる前に、かぶせるように言ってきた。本城さんが人の言葉を最後まで聞かないのは珍しいことだったから、その勢いに少し気圧《けお》される。

「あ、いや、別にすごくつらいってわけじゃないんですけど、今日みたいな珍しいケースに潜入したあとって、普段よりちょっと疲れるじゃないですか。そういうとき、どうやって発散しているのかな、と思いまして……」

「別に、特に発散はしない。家に帰って、飯を食って、寝るだけだ。そんなことより、月野は今日すごく疲れたのか？　負担が大きかったか？」

「いや、そんなにすごくってわけじゃないですけど」

「仕事でつらいことがあったら、すぐに蓮や堺先生や滝博士に相談するんだ。わかったな」

あまりに真剣な顔に、たじろいだ。

「あ、はい。それは、しますけど」

「それなら、いい。すまないが、外食はしない。じゃあな」
そう言うと、本城さんは振り向かずに去っていった。
私は、その後ろ姿を眺めながらしばらく立ち尽くす。「仕事がつらいのか？」と
すごく心配そうにしておいて、「蓮や堺先生や滝博士に相談しろ」ということは
「俺には相談するな」ということなのか？
一緒に外食もしないし、相談も受け付けない。でも、患者やその家族を気にする
態度を見る限り、人と関わりを持ちたくないと思っているようには思えない。やっ
ぱり本城さんのことはよくわからないと思った。頼りになるのは変わらないけれど、
理解するのは難しい。こっちは、こんなに近づこうとしているのに。
「あれ、月野さんどうしたの？」
ぼーっと突っ立っていると、声をかけられた。振り向くと、蓮さんが歩いてく
る。
「お疲れさまです。帰ろうと思ってたところです」
「これから精神科の看護師さんと飲みに行くけど、一緒にどう？」
「いいんですか？」
「うん、行こう行こう」

　蓮さんはよく病棟へ行ってカンファレンスに参加しているから、看護師さんたちとも交流がある。私はほとんどないから、ぜひ話をしてみたいと思った。

　病院を出ると、空気がひんやりして気持ちよかった。

「寒いくらいだな〜」

　蓮さんがパーカーの前をあわせるようにして言った。

「私は、暑いより好きですけど」

「最近の夏は暑すぎるもんね」

「真冬は真冬で、寒すぎて嫌ですけど」

「それってただのわがままじゃない？」

「とも言いますね」

　笑いながらふたりで歩く。街路樹がさわさわと揺れた。

　騒々しい居酒屋で待っていたのは、病棟主任の藤枝《ふじえだ》さんだった。飾らない雰囲気のおおらかな人で、病棟では「みんなのお母ちゃん」と呼ばれているらしい。この道十五年のベテランだ。何度か更衣室で顔をあわせたことがある。

　蓮さんとふたりでジョッキをかたむけて、同時に「ふ〜」と声をあげてしまった。

　藤枝さんが笑う。

「今日の潜入も大変だったみたいね。お疲れさま」

「ありがとうございます。病棟でも、引き続きよろしくお願いしますね」

「もちろん。あの患者さんは、ちょっと神経質というか、気難しいところがあるから、私たちは関わり方を迷っていたの。だから、潜入で【絡み】をほどいてもらって本当に良かった。あと、娘さんのこともわかったから、より援助できるわ」

普段の患者さんについて私はあまり知らないから、こうして話に聞くのは新鮮だ。

「私はもう十五年精神科で働いてきたんだけど、潜入治療がはじまった五年前から、患者さんの自殺はすごく減ったと思うの。どのくらいの割合なのかは、研究されているんでしょうけど、現場の実感としても減っているのを感じるわ」

「私は、眠っている患者さんにしかお会いしないので、潜入した患者さんが実際どの程度回復してくれているのか、見ることはないんです。だからリアルな病棟のお話を聞けるの嬉しいです」

「そう？　よかった」

藤枝さんはえだまめをつまみながら、少し遠い目をした。

「私が新人のときに関わった患者さんで、忘れられない方がいらっしゃるの。入院中はとても穏やかで、希死念慮も否定していた。もう死にたい気持ちはありませんって。それで、お食事も内服も問題なくて、にこにこしながら作業療法とかも参加なさっていて。みんな順調に回復していると思ったわ。それで退院が決まったんだけど……退院した翌日に亡くなった」

藤枝さんは、少し下を向いて唇を噛む。蓮さんは、黙ってビールジョッキをかたむけた。

「精神科の難しいところは、目に見えない症状が多いということ。希死念慮を隠しもっていても、口では死にたくないって言えちゃうのよ。私たちはそれを信じてしまった。悔やみきれないわ」

「でも、回復しているように見える人をいつまでも予防的に入院させておくことはできないでしょう?」

蓮さんがやさしく言う。

「その通り……。だから、潜入治療で希死念慮が具体的に見えるようになったと知ったときは、飛び上がるほどうれしかったわ。これは私の勝手だけど、あのとき亡くなった患者さんの分も多くの方を救えるんじゃないかって期待した。毎日大変でしょうけど、潜入師さんたちにはとっても感謝している。ありがとうね」

こんな風に現場の声を聞くのは初めてだったから、照れくさいような感じがする。同時に、自分の仕事を誇らしく思った。今日は疲れたし大変だった。でも、患者さんの役に立っているなら頑張れる。本城さんにも、今の話を聞かせたいと思った。一番尊敬する先輩と、この喜びを分かち合いたい。

四　贖罪《しょくざい》

　更衣室でロンTを脱ぐ。潜入着に着替えようとしたとき、ふと、かばんの中にいつも入れている本が目についた。

　【潜入治療の可能性】

　滝博士の著書だ。五年前に刊行された新書で、かなり読みこんであるから、だいぶボロボロになってきている。付箋もたくさんついているし、ページが折れてしまっているところもあった。

　あらためて、手にとって眺める。

　初めてこの本を手にしたときの衝撃は忘れられない。

　高校三年生の春だった。もともと興味があったから、心理学やカウンセリング関係の本を手にとることは多い。でも、書店でこの本を見つけたときは、ぱらぱらとめくっただけで頭に電気が流れたみたいだった。

祖父母も叔母も、私に大学受験を勧めてくれていたけれど、進路についてはまだ悩んでいた。できるなら誰かの役に立てるような仕事がしたいと思っていたけれど、どうしたらいいのかわからない。そんなとき初めて知った「潜入心理師」という仕事は、衝撃だった。

自分の体を使って患者さんの心の中にもぐっていく。そこで、希死念慮の元を解消する。本当にそんなことができるのだろうか。

裏表紙で値段を確認する。バイト代とお小遣いで買える値段だったから、迷わずレジへ走った。

家に帰ってから、あっという間に読んで、体が熱くなった。私のやりたいことはこれだ、と強く心惹《ひ》かれた。生きる道しるべを見つけた気がした。著者の滝博士について調べてみると、ある大学に研究室をかまえていることがわかった。

迷いはなかった。祖父母に、強く自分の意見を言ったのは初めてだったかもしれない。

「この大学に行かせてください」

祖父母は、急に真剣に進学のことを考え出した私に驚いてはいたけれど、応援してくれた。潜入師になれれば私も人の役に立てる。その思いで、必死に勉強したのだ。

いつも持ち歩いているこの本。もはや、お守りみたいなものになっている。自分の信念が揺るがないように、あの日の気持ちを忘れないために。

そっと本をかばんにしまう。今日も頑張るぞ、と気合を入れて、潜入着のチャックをきゅっと上げた。

目を開けるとそこは一面の水だった。歩くたび、たぷたぷと水の音がして波紋を作る。広く澄んだ水に触れた瞬間から、私は自分の鼓動が速いのを感じていた。意識しないように、ゆっくり深呼吸をする。

「月野さん、脈拍速いけど、大丈夫？」

イヤホンに蓮さんから報告が入る。

「大丈夫です」

自分の声が震えていることを自覚して、余計にどきどきしはじめる。落ち着け。気にするな。患者の心の中だ。私のじゃない。大丈夫だ。言い聞かせるほどに焦燥感が増し、指先が冷え、呼吸が浅くなる。

「月野」

声に振り向くと、本城さんがいた。

「顔色が悪いな。大丈夫か？」

「大丈夫です」

本城さんの顔を見たら、少しだけホッとした。仕事中は誰より信頼できる。ひとりじゃなくて本当に良かった。ダイバーはひとりでの潜入は許可されておらず、ふたり一組で潜入する決まりになっている。その必要性を、今身をもって実感していた。

「一面、水だな」

透明できらきらと光を反射させる水面。一センチくらいの深さで、どこまでも広がっている。

「ふたり合流しましたね？」

「ああ、今合流した」

蓮さんの声がする。

「地図読みがすごく難しいんです。あまり何もなくて」

「中もだだっ広い湖みたいに、浅い水があるだけだ。ほかに何も見えない」

「核、捜せそうですか？」

私にはわかっていた。びりびりと焼けるように、右腕だけが感じている。

「私、わかります」

ひとつ大きく深呼吸をしてから「こっちです」と右側を指した。

「月野の感覚を頼りに進んでみる。蓮も地図をよく観察していてくれ」

「了解です」

私は、唇を嚙みながら、皮膚がびりびりするほうへ向かう。鼓動が激しい。一歩ずつ水を踏んで進む足元から、恐怖が這《は》い上がってくる。怖い。この先は怖い。でも、核を捜さなきゃ。

「月野、本当に大丈夫か？」

本城さんが、私の顔をのぞき込む。

「え？」

「いつもと同じ気分じゃないだろう。引き返すなら核に着く前のほうがいい」

「大丈夫です」

私はうなずく。大丈夫じゃなくても、引き返せない。ここでやめたら、この患者の治療は進まない。私がここで諦めたら、みんなに迷惑がかかる。私は、どっどっどっと体を震わせるほどに鳴る自分の鼓動を無視して、じりじりと足を進めた。

そのとき、遠くからごおおという地鳴りにも似た音が聞こえてくる。何の音だろう、と思った瞬間、突然目の前に、轟音《ごうおん》とともに茶色く濁った川が出現した。

「おお、なんだこれは」

本城さんが足を止める。氾濫しそうな勢いで激しく流れる川。大きな濁流。

「本城さん、あそこ……！」

川の中州《なかす》に誰かいる。濁流に取り残された土の上に誰か立っていた。私が中州を指さした瞬間、川の濁流がざぶんと向きを変え、竜巻のように縦に伸びた。

「ひっ」

思わず声が出る。うねりながら轟音をたてて川が縦に流れている。さながら濁流の滝だ。中州の人は縦になった川の真ん中あたりにたたずんでいる。

「あれ、患者だな。あそこが核か」

本城さんが、まぶしいものを見るときのように手を目の上にかざして川の濁流を見上げている。それを見ながら私は、ますます動悸《どうき》がして、呼吸が乱れるのを感じた。

縦に流れる川から、濁った水しぶきが私たちを濡らす。どんどん濡らす。鼓動が激しい。息が速くなる。どうしよう、怖い。

本城さん……本城さん、そこにいますか。いたら返事をしてください。本城さんを見て気を落ち着けようとするけれど、視界が揺らいで見つけられない。どうしよう、手が冷たい。役立たず。眩暈がする。迷惑をかけるな。頭が痛い。流れる轟音。なんで死ななかったの。全身を濡らす川の水。氾濫した濁流。一緒に行こうね。狭い車。ごめんね、ゆん。沈んでいく車。苦しい。怖い。息ができない。

「おい、月野！」

誰？　誰の声？　どうしよう。私、また車に閉じ込められている。このままじゃ死んじゃう。誰か助けて。苦しい。怖い。死にたくない。死にたくない。死にたくない！

「月……！　自分……名前……えるか！」

なんだろう……。誰かが何か言っている。うまく聞こえない。誰の声だろう。

「だ……蓮！　月……を強制……出しろ！」

何か聞こえる。ねえ、誰？

もしかして、お母さん？

「え……」

「……野がパニック……戻れなくな……」

「絡……は！」

「俺だけ……どうにか……」

「わかりま……」

微《かす》かに誰かの声が聞こえる。車の窓が割れて私は流れに投げ出され、川底に沈んでいった。私はこのまま死ぬ。怖い。死ぬのは怖い。死にたくない。苦しい。冷たい。暗い。岩がごつごつしていて痛い。水が流れる音だけがうるさい。ああ、死にたくない。でも、死ななきゃいけないのかな。死ななきゃいけないんだよね……。ねえ、お母さん。


両肩をガシッとつかまれた。その手で、体をぐらんぐらんと揺さぶられて目を開けると、視界がクラクラと波打って見えた。

「月野！」

「わあ！　え！　水がっ」

意識の覚醒とともに巨大な恐怖が襲ってきた。パニックにのまれそうになる。ヒッヒッヒッと胃のあたりが細かく痙攣《けいれん》している。

「月野！　大丈夫か！」

目の前に見たことのある人がいた。その人が私の両肩をぎゅっとつかんでいる。

「強制排出をした。自分がわかるか？」

動悸が激しい。この人は誰だっけ。男の人が私の肩をつかんでいる。この人は
……えっと、堺先生だ。

「自分の名前が言えるか？」

堺先生は真剣な顔でそう言って、私のことを正面から見つめた。自分の名前、私の名前。

「つっ……月野……ゆんです」

「そうだ。月野ゆんだ。大きく息を吸って、吐いて」

堺先生に言われるとおりに呼吸をした。吐く息とともに恐怖心が少しずつ凪《な》いでいく。胃のあたりの痙攣がゆっくりおさまってきた。堺先生は私の手首にそっと指をあてる。

「脈は乱れていない。血圧はどうだ」

「はかりますね」

蓮さんもすぐ隣にいた。ピッと音が鳴り、血圧計が腕を締め付ける。ようやく自

分の置かれている状況を理解してきた。私は生きて、現実にいる。死ななかったんだ。

「120／78。脈拍98。大丈夫そうですね」

「ああ、良かった。月野、ずいぶん負担をかけたようだね。すまなかった。少し安定剤を打とう。休んでくれ。カンファレンスはそのあとにしよう」

そう言って堺先生は私の腕に注射をした。

カンファレンス……。ああそうだ。私、潜入していたんだ。川があって、中州に患者さんがいて……そこからよく覚えていない。【絡み】はどうなったんだろう。

「……か、らみ、は？」

声がかすれてうまくしゃべれなかった。

「大丈夫。本城さんがひとりでほどいて、ちゃんと戻ってきたよ。月野さんは何も心配しないで休んで」

安定剤のせいなのか、ぐにゃりと歪《ゆが》んで見える蓮さんが言う。私は、ずぶずぶと泥のような睡魔に引きずり込まれて眠りについた。

次に目を覚ますと、もう天井は歪んでいなかった。

「月野、カンファレンスできそうか？」

　ゆっくり体を起こすと、いつもカンファレンスをやるテーブルに、本城さん、蓮さんに加えて、堺先生と滝博士もいた。堺先生はときどきカンファレンスに参加することがあるけれど、滝博士は珍しい。私は充分に寝かせてもらって、頭はすっきりしていた。でも、気持ちは言いようのない混濁した感じだった。自分に何が起こったのかよくわかっていない。

「大丈夫です。ご迷惑をおかけしました」

「こっちこそ、危険な目にあわせてすまなかった。滝さんにも来てもらったから、今後のダイバーの安全のためにも、じっくり話し合いたい」

　堺先生は真面目な顔をしていた。私はよく覚えていないから、ダイバーの安全のため、と言われてもいまいちピンとこない。とりあえず立ち上がって、カンファレンスの席についた。

「じゃ、患者情報の共有からしますね」

　蓮さんが話し出す。

「患者は、四十五歳の男性。うつ病。仕事のストレスが重なって、不眠、不安感から始まり、抑うつ状態が続き、希死念慮を覚えるようになって、任意入院しました。

潜入治療については、自分の核の【絡み】に思い当たるふしがあったから治療を受けてみたかった、とのことらしいです」

【絡み】を自覚している人は多くはない。自分の記憶の中で何が一番印象深いものなのか、わからないことのほうが多い。でも、思い当たるふしがあったのなら、何かよほどつらい記憶があるのだろうか。

「私から説明しよう」

堺先生が話し出す。

「患者は、数年前に家族と旅行に行った際、川で鉄砲水に巻き込まれている。自分と奥さんと息子さんと、あと同じく川原に遊びにきていたほかの家族と中州に取り残されて、救急隊に救助されたらしい。そのとき中州の一部が川の流れに削られて、患者の息子とよその家族の子供が同時に流されそうになった。患者はとっさに自分の息子を助けた。よその家族の子供は流されてしまったそうだ。そのことを患者はずっと悔やんでいる。入院の問診のときに、自分から話してくれたことだ」

だから核は濁流だった……。

「仕方ないことだったと思います。両方助けられれば一番良かったのは当然ですが、とっさに自分の家族を守ろうとするのは当然ですし、犠牲が出てしまったことは患者のせいじゃない」

本城さんがはっきりと言った。

「ああ、そうなんだ。患者も、頭ではわかっているんだよ。でも、感情が追い付かない。流されていく見ず知らずの男の子の姿がどうしても忘れられない。どうすれば償えるのか苦しんでいたんだ」

私は、話を聞きながらまた動悸が始まっていた。川に流される子供のイメージが頭から離れない。助けられなかった子供と、助かった子供。手に汗がにじみ、ぎゅっと拳《こぶし》を握る。

「【絡み】は、川の濁流の中にありましたから、患者が自覚していた通りの記憶が核だったのでしょう。中州に患者が立っていたのですが、小学生くらいの男の子の手を握っていました。その患者自身の手が金属みたいになって、男の子の手と鎖のようにつながっていました。おそらく、つなぎたかった手が【絡み】になったのかと思われます。形状は【贖罪《しょくざい》】でしょう」

本城さんの話に、堺先生がうなずいた。

「患者は病棟に戻って休んでいる。希死念慮は軽減していくと思う。【絡み】を自覚できている患者のほうが、予後の良い場合が多い」

私は、もうほとんどみんなの話を聞いていなかった。耳には入ってくるけれど、うまく理解できていない。川に流されていく子供のイメージだけが鮮明に映像化されていく。暗くて冷たい川の底。

「月野」

「はい」

堺先生に名前を呼ばれて、ハッと我に返る。

「強制排出されたのは初めてだな？」

「……はい」

「何があったのか、覚えているか？」

潜入したときは、足元が水だった。その先に、突然川があらわれて、濁流になって、中州に人がいて……。

「中州に人を見つけたところまでは覚えています。でも、そのあとは……」

「覚えていない？」

思い出そうとすると、また動悸がしてきた。握った指先が冷えてくる。いったい何があったのか。私は潜入中、川を見上げている本城さんを見ていた。水に濡れるのが怖くなって……そうだ、気づいたら、突然に車の中に閉じ込められたのだ。もうそのときは、本城さんはいなかった。車のガラスが割れて川の濁流に投げ出されて、ひとり川底を転がっていた。

「覚えて……います。というか、思い出しました。患者の核にいながら、私は自分の記憶と混同していました。私自身の記憶がフラッシュバックしたようになって、まるで自分の記憶の中にいるようでした。その時点では、もう本城さんも患者さんもいなくて、潜入中であることはわからなくなっていました」

「そうか。患者の核と似た経験があるということか？」

「似たような経験と言えるのか……川の濁流に強い恐怖を感じて……」

私はパニックになっていたのだ。

「その……私の母が自死で他界していることは、面接のとき堺先生と本城さんには言いましたよね」

言いにくいことだけれど、言葉にして伝えなければならないことだと思った。

「ああ、聞いている」

堺先生がうなずく。本城さんもあごを引く。滝博士には学生のときに伝えてある。

蓮さんが驚いていないところを見ると、知っているのかもしれない。

「私が六歳のときでした。母が亡くなったのが、川なんです」

「そうだったのか……。じゃあ、お母さんのことを思い出したということか？」

　堺先生の声はやさしかった。

「いいえ……あ、はい。そうなんですけど」

　うまく説明できない。どんな言葉で伝えても、胸がしめつけられるように苦しい。口が乾いてくる。やっぱり私は、このことを乗り越えていないんだ。人にうまく伝える術《すべ》を持っていない。下を向いて、一回呼吸を整えた。

「母が亡くなったとき、母は車に乗ったまま、台風で氾濫した川の中に飛び込みました。それで……自殺をはかったんです」

　私は灰色のテーブルを見つめながら話す。みんなどんな顔をしているのだろう。一度、唇を噛んで鼻から息を吐く。吐いても吐いても、気持ちはぜんぜん落ち着いてくれない。重い口をどうにか開いて、なんとか言葉を発した。

「そのとき……」

　室内があまりにも静かで、自分の心臓の音が聞こえそうだ。

「私も、一緒に車の中にいました」

「え……」

　小さな声を出したのは蓮さんだった。私はゆっくり顔をあげる。堺先生も滝博士も本城さんも蓮さんも、さすがに表情はかたまっていた。

「私は……無理心中の生き残りなんです」

どうにか言葉を絞り出した。重たい金属を飲み込んだように、胃のあたりが冷える。そのまま体中を冷たさが覆った。浅い呼吸を繰り返して手を握ると、冷たい汗でじっとりしている。

あの日、助手席に座って、空虚な瞳のままアクセルを踏みこむ母を見ていた。話しかけても、母には聞こえていなかった。激しい衝撃とともに濁流に飛び込んで、車は転がりながら川を下った。私は、あの日一度死んだはずだった。それがなぜか、私だけ助かってしまった。母は下流のほうで、遺体で発見された。

一命をとりとめた私は、祖父母と叔母に育ててもらった。潜入師のことを知ったときは、天啓だと思った。私が一番やりたいことは、自殺で亡くなる人を少しでも減らすことだ。母を助けてあげられなかった分、誰かひとりでも救いたい。私は母を見殺しにしたから。今でもそう思っている。

「つらいことを話してもらってすまなかったな」

堺先生が静かに言った。

「いいえ。私がちゃんと面接のときに言っておくべきだったんです。申し訳ありませんでした」

声がうわずる。泣きそうになるのを、両手を握りしめて耐えた。爪が手のひらに食い込む。

「滝さん、患者の核とダイバーの核が似た記憶の場合、フラッシュバックを起こしてシンクロしすぎることはありうるか？」

滝博士は、長い髪をゆっくりかき上げた。

「うーん……あるかもしれないわ」

「でも、研究報告ではその点はあまり重視されていない」

堺先生は、珍しく少し語気を強めた。

「患者の核だって潜入してみないとわからないのに、ダイバーの核まで把握しておくのは難しいわ。それに、ダイバーの記憶は、個人情報でしょ？　研究のために全て知ることは無理よ。ただ、シンクロしやすいダイバーのほうが核を見つけやすいという研究結果はあるの。シンクロしやすいことは、治療にはとても優位なこと。シンクロしすぎてパニックになるか、核を見つけやすい優秀なダイバーになるかは、腕次第ということよ」

「潜入師たちを危険な目にあわせるなら、この治療は少し休まなければならなくなる。まだ課題の多い治療法なんだ。ダイバーがシンクロしすぎてパニックになったら、結果的には患者への治療にも影響が出る」

堺先生は真面目な声で反論した。

「……すみません。私のせいです」

いたたまれなくなって、謝る。

「いや、月野のせいじゃない。こういう事例があるのだ、とわかっておくのは大事なことだ」

堺先生は冷静に言った。堺先生と滝博士には、お互いの矜持《きょうじ》があるのだろう。

「月野は、しばらく休みをとってくれ」

「え……」

「一週間は潜入しないでほしい」

それは困る。私から潜入をとったら、何も残らない。私は誰かの役に立たなければ、生き残った意味がなくなってしまう。焦燥感が強まってまた呼吸が浅くなる。

「私なら大丈夫です！」

思わず大きな声が出た。

「いや、負担が大きすぎる」

「できます！　次は絶対に大丈夫ですから、辞めさせないでください！」

堺先生は少し困ったような顔をして、私をなだめるように言った。

「誰も、辞めろとは言っていない。少し休んでくれと言っているんだ。月野も休んだほうがいいし、今の状態で潜入したら患者にどんな影響があるかもわからない」

患者への影響、と言われたら、黙るしかなかった。

「一週間の有給をとってくれ」

「……わかりました」

「その間に、滝さん、データ分析頼みますよ」

「ええ、わかっています」

滝博士もまた、真面目な顔をしていた。

今回のことは、研究者にとっては興味深い事例なのかもしれない。私も滝博士の研究室にいたからわかる。滝博士は何より患者の回復を願っている人だ。でも、だからこそ、医療者にとって負担になることでも、患者のためならやりかねないとも言える。学生のときから、私もその意見に賛同していた。患者のためなら、自分がつらい思いをするのは当然のこと。でも、今こうしてみんなにも迷惑をかけて、もしかしたら患者も危険にさらしたかもしれない状況に陥ってみると、研究というのは常に危険と隣り合わせなのだと痛感した。

カンファレンスを終えて、少し重い空気のままみんな潜入室を出た。私も部屋を出ようとすると、

「月野」

呼び止めたのは、本城さんだった。

「前に、月野はドライだから心強いと言っただろう」

「あ、はい」

「撤回する」

「え？」

「一緒に潜入していて心強いのは変わらない。でも、ドライだというのは、俺の勘違いだった。後輩の気持ちにも気づけないなんて、俺こそ潜入師失格だ」

本城さんは、苦しそうな顔をしていた。

「そんなことないです！　本城さんが一緒にいてくれなかったら、私戻れなかったかもしれないんです。ご迷惑をおかけしました。あと、助けてくれてありがとうございます」

「礼はいらない。月野じゃなかったら、戻れなかったかもしれない。月野は、本当

に優秀な潜入師だ。少し休むことになるが、落ち込まないでほしい。俺は、月野と一緒だからいつも安心して潜入できるんだ。そのことを忘れないでほしい」

相変わらず苦しそうな顔をしたまま、本城さんは潜入室から出ていった。

私は、患者を危険な目にあわせただけでなく、本城さんにまで嫌な思いをさせたのかもしれない。冷たい体を自分で抱きしめる。私は、誰かの役に立たないといけない。それなのに、逆に迷惑をかけているとしたらどうしたらいいのだろう。明日からの休みの間に、自分の今後のことを少し考えたほうがいいのかもしれない。

「月野さん、気分大丈夫そうならごはん行かない？」

更衣室を出ると、蓮さんが待っていた。うまく思考がまとまらないまま惰性で着替えてぼんやり歩いていたから、食事のことなんて考えていなかった。

「ああ、はい。ありがとうございます。行きます」

蓮さんは少し眉を八の字にして、やさしい顔で笑った。

「良かった。何食べようか」

「何でもいいです」

正直、食欲はなかった。

「じゃ、有給の景気づけに寿司だね」

「有給の景気づけ……」

不思議なことを言う人だな、と思ったけれど、ひとりでいたら何も食べなそうだから、連れ出してもらうのはありがたいことかもしれない。

回転寿司店につくと、蓮さんは鰺とエンガワを三皿ずつ注文して、湯飲みに緑茶の粉を入れて、私のお茶も淹《い》れてくれた。

「ありがとうございます」

ひとくち飲むと、熱いお茶が胃にしみわたる。あいかわらず店内はにぎわっていて、清潔で平和だった。誰かが死んでも生き残っても、明るい場所はいつも明るい。私が惰性で呼吸をしていても、世界は何も変わらない。それでも熱いお茶は、少しずつ私の心をほぐした。

「蓮さん、私の母親が自殺していたって、知っていたんですか?」

こわばっていたのどが少し緩んで、言葉が出やすくなっていた。

「いや、知らなかったよ。言われたことあったっけ?」

「……ないと思います」

「じゃ、知らないでしょ」

蓮さんは、当然、という顔で言った。

「滝博士には研究室にいたときに話していましたし、就職の面接のときに堺先生と本城さんには話していたので、蓮さんも知っているかと思いました」

「知らないよ。そんな個人情報、勝手に人にしゃべっちゃダメでしょ」

「蓮さんが全然驚いていないように見えたから、誰かに聞いたのかと思いました」

「うーん。まあ、正直そんなにびっくりはしなかったかな。残念なことだけど、自殺で亡くなる人は世の中にはたくさんいるわけでしょう。ってことは、その数だけご遺族がいるわけで、そのうちのひとりが月野さんでも驚かなかった、って感じかなあ」

世の中で起こっているさまざまなことに、当事者はいる。戦争も、犯罪も、事故も、病気も、自殺も、生も死も。でも、自分の身近に当事者がいると想像できる人は少ないかもしれない。それを蓮さんは当たり前にやっていたということだ。

私の個人情報を漏らさずにいてくれた上司たちと、世の中のさまざまな当事者が自分の身近にいるかもしれないと想像できる先輩。私は今の職場で潜入師になって良かった、と心から思った。そうじゃなきゃ、今日みたいなハードな日を乗り切れなかったかもしれない。

「でも、さすがに心中に巻き込まれていたって聞いたときは、ちょっと驚いたよ」

蓮さんが、湯飲みを両手で包む。

「つらかっただろうな、って。そんな言葉じゃ言い表せないほど、重いものを背負って生きてきたんだなって思った。それなのに、そのことをちゃんと自分の口でみんなに説明できて、立派だと思った。ぼくだったら耐えられなくて、今の仕事はできないかもしれないって思ったよ。だから、ぼくは月野さんを尊敬する」

まっすぐに言われて、胸がつまった。

「私はそんな立派な人間じゃありません。今日もみなさんにご迷惑をかけて、申し訳ないと思っています」

「そんな風に思うことないって。ぼくもパニクったことあるし」

そう言って蓮さんは苦笑した。

「ぼくもパニクったことある」と自分から告白できるのは難しいことだと思った。それも、にこやかに、率直に。わざと自嘲めかせていないところも、なかなかできることではない。私は今後、潜入でパニックになった後輩がいた場合、自分から「私もパニックになって強制排出されたことあったよ」と言えるだろうか。プライドに邪魔されず、恥ずかしがらず、冷静にやさしく伝えて後輩の糧《かて》になれるだろうか。

「ぼくがパニックになったのは、自分の過去と似ていたからじゃないんだけどね」

蓮さんがお茶をする。

「どちらかというと、この前の学生さんみたいな感じ」

「学生さん……萌野さんですか？」

「あ、そうそう。めっちゃ声小さい子。あの子、核と【絡み】がショッキングだって言って泣いていたでしょう。あの気持ち、すごいわかるんだよね」

見学に来た日、萌野さんは泣いていた。そのときの患者は、いじめに加担しただけでなく、いじめていた同級生が自殺した際に、自分の名前が書かれた遺書を隠蔽していた。患者がいじめていた生徒が自殺していたこと、いじめていた患者にも今希死念慮があること、それらの複雑な状況に萌野さんはショックを受けていた。

「本城さんは、ショッキングに感じられる気持ちを大事にしてくれ、みたいなこと言ってたけど、やっぱりきついじゃん。ぼくは、【絡み】の衝撃に慣れることができなくて、つらさに共感しすぎてパニックになったんだ」

本城さんが前に、蓮はやさしすぎるからダイバーには向かない、と言っていた。

【絡み】に耐えられないときついのはわかる。私だって、平気なわけじゃない。

「それはわかります。なんていうか……ちょっと心の一部に蓋していないと無理ですよね」

「あ、そうそう。まさに、そういう感じ」

「慣れることはできないけど、感じる部分を狭くしておくというか、ちょっと防御しておかないと、無理な気がします」

「その防御がぼくはうまく調整できなくて。真正面から共感しちゃうんだよね。そうすると、けっこうきついじゃん」

「わかります。今日は自分を守る間もありませんでしたが、前に母親が【絡み】だった患者に潜入したときは、問題じたいは直視しないでいた感じでした。潜入中に直視すると、感情が持っていかれそうになります」

「まさに、そんな感じ。月野さんも同じように感じていたんだね」

「そうですね。いつも感情に少し蓋をしながら潜入していたから、前に本城さんにドライだって言われたのかもしれません。でも今日、あの発言は撤回するって言われました。ドライじゃなくて、自己防衛しているだけって本城さんにバレた気がします」

「知られたくなかったの?」

蓮さんが届いた寿司の皿を取りながら笑う。

「そういうわけじゃないですけど」

私も運ばれてきた寿司の皿をとる。食欲はなかったけれど、ひとりだったら何も食べられなかっただろうと思うと、やっぱり連れ出してもらって良かった。

ホタテの寿司を口に運ぶ。よく噛んでも、味は感じない。冷たいシャリが口の中でバラバラになりホタテが醤油《しょうゆ》に濡れているだけで、おいしくはなかった。好物をおいしいと感じられないほど、今日の私は疲れていた。味はしなくても、胃に運ばれれば消化してくれるし、腸は吸収してくれる。なるべく胃腸の負担を軽くするために、味のしない寿司を何度もしっかり噛むことにした。

「前に蓮さんが、本城さんは繊細だって言っていたのが、ちょっとわかった気がします」

「でしょう?」

「はい。今日、『俺は潜入師失格だ』って言っていました。私、本城さんのこと傷つけてしまったのでしょうか」

「そんなことないと思うよ。ダイバーなら誰にでも起こるリスクのあることだし、堺先生も月野さんのせいじゃないって言ってたでしょう。滝博士も、今後もっと研究してくれるはずだし、自分を責めるのは良くないよ。月野さんが自分を責めていたら、本城さんが余計に『俺の責任だ』とか言い出すよ。あの人、そういうタイプだから」

「……そうですね」

誰よりも責任感が強く、潜入を使命のように思って見える本城さん。

「本城さんは……大丈夫なんでしょうか？」

頼れる先輩が、急に心配になってきた。

「それはわからない。あんまりそういう話する人じゃないからね」

「萌野さんが泣いちゃったとき、本城さん【絡み】について話していたじゃないですか。珍しいなって思っていたんですけど、あのとき本城さん、ちょっと難しい顔していたんですよね」

「難しい顔？」

「はい。なんていうか、言わなきゃ良かった、みたいな顔」

「そうなんだ。別に、変なこと言ってなかったけどね」

「【絡み】とか核について話すことじたい、嫌なんでしょうか」

「それは、どうなんだろうね。こっちが近づくとその分離れていくような人だから」

「この前、本城さんを食事に誘ったら『外食はしない主義だ』って言って断られました」

「そうなんだよね。ぼくも何回か誘ったことあるけど、いっつも断られる」

「本城さんに、仕事でつらいときどうやって発散しているんですか？　って聞いたんですよ」

「なんだって？」

「『特に発散はしない。家に帰って、飯を食って、寝るだけだ』ですって」

　蓮さんは苦笑した。

「ある意味、本城さんらしいかもね。優秀な人であることは事実だけれど、ぼくもあんまり本音は聞いたことがない」

　今日、本城さんが一緒じゃなかったら私は戻れてなかったかもしれない。いつか、いつも冷静に対処できる本城さんが内心はどう思っているのか、話ができたらいいな。味のしない寿司をまた口に運ぶ。疲れていても、とりあえず食事をしてちゃんと寝る。それだけは私もしっかり守ろう。

帰ってからベッドに横になり、滝博士の本を手にとる。それから、潜入師の試験のときの参考書を眺める。潜入師になりたくて、どれほど勉強したことか。参考書には、あちこちに付箋がつけられ、マーカーを引いた部分も数えきれない。でも、いくら勉強したって、実際に潜入してみると、思ってもいなかったことが起こる。

あのまま強制排出されていなかったら、私も患者も、どうなっていたのだろう。役に立たないなら潜入師は辞めたほうがいいのだろうか。ひとりになるとやはりそんな考えが浮かんでくる。みんな口をそろえて「あなたのせいじゃない」と言ってくれたけれど、私なんていないほうがいいのではないだろうか、という思いがじわじわと胸に広がる。

滝博士に「月野さんは人の役に立っていないと不安になる」と言われたことがある。その通りだ。私は、役に立っていることを実感できないと自分の生きている意味を見失う。潜入師として役に立てないなら、私はどうやって生きていけばいいのだろう。

五　休暇

薄いクリーム色の天井をぼーっと眺めていると、枕元でアラームが鳴った。スマホに手を伸ばして音を止める。早く起きる必要はないのに、習慣で目が覚めてしまう。

有給休暇をとってから三日たった。蓮さんはときどき連絡をくれる。私のかわりにダイバーをしてくれているようだった。

「久しぶりに潜入したけど、本城さんは相変わらず仕事が丁寧で【絡み】をほどくのがうまいね」

ラインの文面を見返す。知っている。いつも私が一緒に潜入しているのだ。本城さんのすごさはよく見てきた。それでも、今の自分にできることはない。

この仕事に向いていないのかもしれない。その思いが、波のようにやってきては引いていく。強制排出された日から、ずっと考えていることだ。今後、もう潜入師は続けられないのだろうか、と。

私が潜入師になりたかったのは、希死念慮のある患者を死なせたくないからだ。それは今も変わらない。そのために自分にできることがあるなら、精一杯力になりたいと思っている。でも、勉強と実践は違う。

潜入師は離職率が高いらしい。自分の負担になるだけでなく、それが患者の治療に悪影響を及ぼすかもしれないなら、辞めたくなるのも道理だ。私はどうなのだろう。辞めたいのだろうか。

私が母に殺されかけたことは、変えようのない事実だ。そのことと向き合うのは、心をごりごりと岩にこすりつけているような痛みが伴う。削られて、血がにじんで、押しつぶされる感覚。目を背けても痛みは消えず、生きている意味がわからなくなる。

どうしてあのとき一緒に死ななかったのだろう。どうして生き残ったのだろう。考えてもどうしようもないことばかりが胸を圧迫する。

「よっこいしょ」

あえて大きな声を出して体を起こした。

ひとりで家にいたら、心が余計に参ってしまいそうだ。どこへでもいいから出かけよう。外の空気を吸おう。引きこもっていては、良い考えに行き着くと思えなかった。

肌寒い空気の中、駅までのんびり歩く。どこかへ行こうと思ったとき、母のお墓参りが思い浮かんだ。私にこんな思いをさせながら死んでいった母に、今さら何か言いたいわけではないけれど。

いったい何年振りだろう。高校、大学の間は行っていない。中学生のときは行っただろうか。いや、記憶にあるのはもっと前だ。十年以上行っていないかもしれない。

電車で一時間半。ごとごとと揺られながら少しずつ長閑《のどか》になっていく景色を眺めた。母と暮らした町。母が死んで、もう誰も知り合いのいない町。

広い霊園の中をひとりで歩く。お盆も秋のお彼岸も過ぎた時期で、人気《ひとけ》は少なかった。比較的新しい霊園で、お墓といっても、いわゆる縦長の墓石ではなく、背の低い墓石が多い。どこか洋風に見える墓石が芝生《しばふ》の敷地にたくさん並べられており、中には丸いものやハート形のものまであり、暗い雰囲気は感じない。

母の墓石はシンプルな四角いものだ。母の死後、私を引き取って育ててくれた祖父母や叔母さんがどのくらいの頻度でお墓参りをしているのか知らないけれど、お墓はきれいだった。来る途中で買った花を供える。母の好物など記憶にないから、お供えものは花だけだ。申し訳ない気もしたけれど、知らないものは知らないのだから仕方がない。

お墓の前にしゃがみ、手を合わせる。ここに母が眠っている……という実感はあまりなかった。母はいつまでも冷たい川の中をさまよっている気がしてならない。供養されて、ちゃんとお墓に入れてもらえているというのに。私もさまよい続けたかもしれない冷たい川の中。

母のお墓参りに来てみたものの、なんだかさみしい気持ちが増すだけだった。お母さん、もしかしたら私、やっぱりあのとき一緒に逝ったほうがよかったのかもしれない。そんなことを心の中で考える。母が何か答えてくれるはずもない。

ゆっくり立ち上がったとき、私をじっと見ている人がいることに気がついた。

「もしかして、ゆんちゃんかい？」

おそるおそる、といった感じで話しかけてくる。見たことのない初老の小柄な女性だ。からし色の毛糸のセーターの上に黒いダウンのベストを着ている。水の入った手桶《ておけ》を持って、私をじっと見つめていた。

「ねえ、あなたもしかして、ゆんちゃんなの？」

切実そうな表情で、ゆっくり私に近寄ってくる。「ゆんちゃん」とは、私のことだろうか。

「……月野ゆんですが」

私が名乗ると、女性は「あぁ」と声をあげて目を閉じた。

「良かった。良かった。ゆんちゃん、大きくなって……」

見ず知らずの女性は、私を知っているようだった。

「あの、どちらさまですか？」

「ああ、そうだよね。覚えていないよね。うちの人が絶対に会いたいって言うだろうから、一緒に来てくれるかい？」

感慨深そうに言って、少し目を潤ませているように見えた。

「家、すぐそこだから。歩いて行けるから」

怪しい人には見えなかった。女性は、手桶を片付けて歩き出す。しきりに振り向いて嬉しそうにするから、仕方なくついていくことにした。

大きな平屋に着くと、女性は玄関から大きな声を出した。

「あんた～！　あんた～！」

その声は、隠しきれない喜びに満ちていた。

「なんだい、大きな声を出して」

家の中から、初老の男性が出てくる。白髪《しらが》交じりの頭髪は清潔な短髪で、首が太く、年齢のわりに体格が良い。

「あんた！　この子、誰かわかるかね！」

女性は嬉しそうに私を男性のほうへ押しだした。男性は私をじっと見つめて、ハッとした顔をする。

「もしかして、ゆんちゃんかい！」

「そうなの！　お墓で会ったのよ」

「ああ……」

男性は、廊下に膝をついて私を見上げた。

「本当に、ゆんちゃんかね？」

男性の態度も女性と同様、驚きと喜びが入り混じっていた。見ず知らずの人に、何か感動されるようなことをしただろうか、と戸惑う。

「あ、はい。月野ゆんですが……私が、何なんですか？」

怪訝《けげん》な顔をしていたと思う。正直、少し警戒していた。怪しい人には見えないけれど、詐欺か何かだろうか。

「何って……おまえ、説明しなかったのか?」

男性が女性に声をかける。夫婦だろうか。

「ああ、なーんにも説明しないで連れてきてしまったわ」

「そんな、怖がるに決まっているだろう」

「本当だわ。嬉しかったから、つい。説明するから、中へどうぞ」

躊躇《ちゆうちよ》している私に、女性が言う。

「ああ、覚えていないんだものね。困るわよね、急に家にあがれなんて。ごめんね、興奮してしまって。もう十七年前になるかしら。三日間くらい、あなたはこの家で過ごしていたのよ。思い出さない?」

十七年前……。私が六歳のとき。母が死んだ年だ。

「そうか。覚えていないのか。仕方ないな。つらい記憶だろうし、まだあんなに小さかったのだから」

男性の声に、私は記憶を探る。

十七年前の、私の記憶。広い平屋の、古い家。

じっと眺めていると、心の底からじわじわと懐かしい気持ちがこみあげてきた。玄関から左側を見ると庭になっていて、手作りの棚が置いてある。そこには小さいけれど美しい盆栽がたくさん並べられていた。濃い緑の、松だったと思う。その下には、大きな青い陶器の鉢。あれには、植木ではなくて水が入っている。ヒラヒラした真っ赤な金魚がいた。

あれ……覚えている。私は、この家を知っている。思い出すと同時に、胸がすーすーするようなさみしい、不安な気持ちがわきおこる。何だろう、この感情は。玄関から見える廊下も見覚えがあった。よく見てみると、初老の女性も男性も、面影がよみがえる。私はこの人たちを知っている。そうだ……。

「もしかして」

声がかすれる。

「……私を助けてくださった方ですか？」

ようやく声を絞り出した。

「ああ、そうだ。ゆんちゃんが岸に打ち上げられていたのを、私が見つけたんだ」

男性が言った。やっぱりそうだ。私が死に損なったあの日、見つけて助けてくれた人たち……私の命の恩人だ。時間が巻き戻されたような感覚がして、ゆらりと眩暈を感じた。

「粗茶だけれど」

女性がお茶を淹れてくれた。私は、居間に案内されて、不思議な感覚を味わっていた。少し床鳴りのする廊下。固定電話の下にレースの敷物。大きな窓から庭と盆栽が見渡せる居間。壁に貼られているどこかのペナント。欄間《らんま》からつるされたポトス。十七年も月日がたったということに驚く。何もかもが、思い出した記憶のままだった。

私は、数日間この家で過ごした。どうしてそうなったのか、詳しいことはまったく思い出せない。でも、この人たちがいなければ、私は本当に死んでいたのだと思う。

「今までお礼に伺わなくて申し訳ありませんでした」

私が謝ると、ふたりは目をあわせて驚いた顔をした。

「なんで謝るんだい。いいんだよ。親戚の方の家で、きっと元気にしていると思っていたよ。でも、会えるとやっぱり嬉しいなあ」

男性が目を細める。

「母方の祖父母と叔母に育ててもらいました。でも、みんなつらかったからだと思うんですけど、母のことや母が亡くなった日のことは、話題にしませんでした。思い出したくなかったんだと思います」

　私は、母の車に乗っていたことと、川に落ちたこと、そのあとの川底を流れていたところまでは、覚えている。でも、そのあとどうしたのかは知らない。祖父母も叔母も話さなかったし、私も積極的に聞こうとはしなかった。

「そのせいで私は、自分を助けてくれたのが、どこのどなたか、知らないままでした」

　今ここでこの人たちに出会えたのは、偶然なのだろうか。自分だけ生き残ったことに罪悪感を持ちながら、潜入師を辞めたほうがいいかと悩んでいる今、命の恩人に出会えたのは、何かの縁なのかもしれない。

「もしよかったら、あの日どうやって私が助かったのか、教えていただけますか？」

　今なら聞いていい気がした。それで何が変わるわけでもない。母は生き返らない。でも、事実を知りたい。

「ああ、もちろんだ」

　男性は居住まいを正した。私も、座りなおして背筋を伸ばす。私の知らないことが、今から語られる。緊張したけれど、何を聞いても後悔だけはしないでおこうと決めた。

「あの日は台風が近づいていて、川が氾濫する恐れがあるって言われていたんだ。このあたりは昔から水害の多い土地でね。それで、あの日も雨がすごかったから、急いで帰ろうと川沿いを車で走っていたんだ」

男性は、鮮明に覚えている様子だった。

「軽トラで川の堤防の道路を走っていたら、風になびいている草の間に子供が倒れているのが見えた。見間違いかと思って一度車を停《と》めてよく見たさ。そしたら、やっぱり子供だった。最初は、遊び半分で川に近づいたのかと思って注意しようと思ったんだ。でも、服も髪もずぶ濡れで、意識がほとんどないようだったから、もしかしたら流されてきたのかもしれないと思ったんだ。わんどの近くだったから、打ちあがったのだと思ったよ」

わんどとは何だろう、と思っていると、顔に出ていたのか「わんどってのは、川と陸の間にある淀《よど》みみたいなところだよ」と女性が教えてくれた。私がうなずくと、男性はまたゆっくりと話し出す。

「あの日はわんどでも激しく川が暴れていたから、これは危ないと思って、その子を抱きかかえて車に戻ったよ。それで、川から離れてから救急車を呼んで、その子はすぐに入院になった。抱き上げたときびっくりするくらい体が冷たかったから、本当に心配したよ。あとで聞いたら、低体温症になっていたそうだ」

「それが……私ですか」

「ああ、そうだ。水を飲んでしまう前に意識を失ったのが不幸中の幸いだったそうだ。それで、溺れずに済んだらしい。お母さんは残念なことだったが、ゆんちゃんだけでも助かったのは本当に奇跡だったと思ったよ。それが、こんなに立派に大きくなって、良かった良かった」

男性は、何かまぶしいものでも見るように、私を見て目を細めた。

この人が通りかからなかったら、私はそのまま体が冷えて死んでいたのだ、と思うと、今更ながら恐怖を実感した。私は本当に、死ぬところだったのだ。

「ゆんちゃんは入院したんだけど、低体温症はすぐに回復して、退院できることになった。でも、親戚の方が遠方で、しかも台風の影響で飛行機が飛ばないっていうことで、三日間うちで過ごしたんだよ」

「あの年の台風は、空港もひどく被害にあったからね」

それで私は、祖父母が迎えにくるまでの三日間、この家で過ごしていたのか。

「助けてくださり、本当にありがとうございました」

私は改めて頭をさげた。生かしてもらえた。助けてもらった。このご夫婦と、救急隊の人たちと、病院の人たちと、たくさんの人の助けがあって初めて存続した命だったのだ。

「とんでもない。こちらこそ、生きていてくれてありがとう。成長した姿を見せてくれてありがとう。これからも、生きていてね。元気で生きていてくれさえすれば、私たちは嬉しい」

そう言って、夫婦は微笑んだ。私はぐっと胸が詰まった。すぐに言葉が出ない。奥歯を嚙んでいないと、泣いてしまいそうだった。私は黙ったままうなずいた。

人に出会うタイミングというのは、どうやって決まるのだろう。今日まで私がこの人たちに会わなかったのは、どうしてなのだろう。今になって自分の生き残った日のことを詳しく知ることになった理由はあるのだろうか。お茶に口をつける。香りが良くて、おいしかった。

「今日はありがとうございました」

遅くなる前にお暇《いとま》する。

「いやいや、こっちこそ、会えて本当に良かった。また、いつでも顔を見せにきてね」

夫婦は玄関先で見送ってくれた。その光景がデジャブのようによみがえって、今より若いふたりが目に浮かぶ。しばらく歩いてから振り返ると、ふたりはまだそこにいて、大きく手を振ってくれた。私も、控えめに手を振り返す。涼しい風が吹いて、リリリリと虫の鳴く声が聞こえた。

「私は役立たずだから、生きている価値がない」

それが母の口癖だった。小さい頃からずっと聞かされ続けていたし、母は死ぬまで言い続けていた。だから、母が私を巻き込んで自殺しようとしたとき「私も何の役にも立っていないから、生きている価値がなかったのだ」と強く心に刻まれた。その気持ちは、ずっと消えなかった。

祖父母と叔母に引き取られてからも、少しでも誰かの役に立とうと率先してお手伝いをしたり、まわりに気を遣ったりしてきた。母の口癖が、すっかりすりこまれていたから。

「元気で生きていてくれさえすれば、私たちは嬉しい」

そんなことを言われたのは初めてだった。

この気持ちは、何と表現すればいいのだろう。私の心を縛っていたものが、ほんの少し緩んだ気がする。

車窓から見える夕日が、町を照らしていた。

誰かが死んでも生き残っても、生きていることを憂えても感謝されても、夕景の美しさは変わらない。

六　混乱

遮光《しゃこう》カーテンの隙間から細く光が差し込んで、ほこりがキラキラと光っている。むくりと起き上がって、大きく息を吐いた。

食パンにマーガリンを塗ってもそもそと嚙んで、濃い目にいれたぬるいミルクティーを飲む。命の恩人に、生きていることを感謝されて、私は今までにはない感情を抱えていた。

祖父母も叔母も、私が生き残ったのは不幸中の幸いだと思ってくれていたとは思う。でもさすがに「あなただけでも助かって良かった」と言われたことはなかった。それほどまでに、母の自殺、しかも娘を巻き添えにしての心中は、家族にとって衝撃だったのだ。

でも、私が生き残ったことを喜んでくれる人がいた。はっきりと言葉で、生きていてくれて嬉しい、と言われたことで、私の中にいる濡れそぼった六歳の私の目に一筋の光が差した気がした。暗く冷えた川底で流されていただけの私を、浅瀬に寄せて温めようとしてくれる何か。

ぼんやりとしているとスマートフォンが振動する。着信が長いな、と思って画面を見ると、蓮さんからの電話だった。

「はい」

「もしもし、月野さん？　今から病院来られる？」

「え？　今からですか？」

「うん、急患なんだけど、事情があって、堺先生が月野さんに潜入してもらいたいって」

「事情？」

「うん。潜入してもらいたいっていうか、ほかに潜入できる人がいないの」

「私が休みの間、本城さんと蓮さんで潜入しているんじゃないんですか？」

「そうそう。そんで、堺先生がアジャスターやってくれてたんだけど、今回は本城さんが潜入できなくて」

「どういうことですか？」

「ぼくもよくわからないんだけど、堺先生が、有給早めに切り上げて出てこられそうなら来てほしいって」

「もちろん、すぐ行きます」

ぼーっとしている暇はなさそうだ。今潜入が必要な人がいるなら、私にできることをしよう。急いで着替えて、スニーカーに足をつっこんだ。


潜入室へ着くと、本城さんの大きな声が聞こえた。

「俺に潜入させてくださいって言ってるじゃないですか。月野はまだ有給の最中です。しっかり休息が必要だって言ったのは堺先生じゃないですか！」

「月野はしっかり休んだほうがいい。でも、今回の患者も急ぎなんだ。希死念慮が強く、いつ行動してしまうかわからない」

「だから、俺が潜入するって言っているじゃないですか」

「患者の顔見知りは潜入できないって、知っているだろう？」

堺先生と本城さんが言い争っている。

「あの……」

私はそっと声をかけた。

「おお、月野、体調はどうだ？」

「私は、大丈夫です」

「今日、潜入できそうか？」

「はい。ゆっくりさせてもらいましたから」

「堺先生！」

本城さんが割り込む。

「だめだ。本城は、今回のケースには関わるな」

「あの、どういうことですか？」

まだ状況が飲み込めない。蓮さんは少し困った顔で成り行きを見守っていた。

「今回の患者は、本城の知人なんだ」

「知人？」

「患者の勤務先の会社に聞き覚えがあったから、本城の履歴書を調べた。そしたら本城がもともと勤めていた会社だった。本城に確認したら、患者は元同僚だそうだ」

「俺は冷静に潜入できます」

「だめだ。もうすでに冷静じゃないじゃないか。知り合いの潜入は何が起きるかわからない」

　珍しく感情的な本城さんを見ていると、ただの同僚ではないのではないかと思えてくる。堺先生のかたくなな態度も、いつもと違うと感じた。

「私が潜入します」

「月野！」

　本城さんが私をにらむ。

「私はもう大丈夫です。知人に潜入しないのはそもそものルールですし、本城さんより私のほうが適任だと思います」

　ついこの前、パニックになった私を救ってくれたのは本城さんだ。知人の核に潜入をしたら本城さんといえどパニックにならないとは言い切れない。そうなってしまったときに、私は冷静に対応できる自信はない。だったら私と蓮さんで潜入したほうがいいし、本城さんに恩返しするなら今だと思った。

「そうだ。今回は月野のほうが適任だ」

　堺先生もそう言うので、私は潜入の準備を始めた。本城さんは何か言いたげだったが、結局は黙って潜入室を出ていった。

「本城、今日は家でゆっくりしていてくれ」

本城さんの背中に堺先生が声をかける。本城さんの返事は聞こえなかった。蓮さんはもう潜入の準備が整っている。そこへ萌野さんが到着した。

「あの、アシスタントが必要だと聞いたのですが」

聞き取れる限界くらいの小さな声で言う。

「ああ、私がアジャスターをするから、ダイバーたちのバイタル管理など手伝いを頼む」

「はい」

萌野さんは私の腕に血圧計を手早くまきつけ、指先に脈拍計をつけた。ずいぶんと手際がいい。もともと看護学部に在籍していたと言っていたから、医療現場のノウハウはある程度知っている。私が休んでいる間、萌野さんがアシスタントをしてくれていたようだから、潜入の仕事に慣れてきたのだろう。

そこへ看護師がベッドに寝かされた患者を連れてきた。この男性が、本城さんの元同僚か。

「もしかしたら、潜入先に本城がいるかもしれない」

患者に潜入の準備をしながら堺先生が真剣な声で言う。

「本城さんが？」

「あれほど自分で潜入することにこだわったということは、ただの元同僚というより、もっと親しい仲だった可能性がある。中で本城に会っても、戸惑わないようにしてほしい」

「わかりました」

「本当に、大丈夫だな？」

私に近づき堺先生が確認してくる。

「はい。大丈夫です」

「必ず無事に戻ってくれよ」

「はい」

強くうなずくと、堺先生は薬剤を私の腕に注入する。腕が少し熱い。ぐんっとベッドに沈む感覚がした。


足元は相変わらずふわふわしたが、それ以上に平衡感覚をおかしくさせるのは、一面の闇だった。上下左右全部が真っ暗な闇に覆われている。真夜中よりももっと暗い。いったいここはどんなところなんだ。

「大丈夫か？」

堺先生の声だ。

「たぶん潜入できたと思います。今のところ、何も見えませんが」

「近くに蓮がいるはずだ。合流してくれ」

「はい」

近くにいるはず、と言われても、真っ暗で何も見えない。目をこらして周囲を見渡すと、小さな光が見えた。何だろう。とりあえず光に向かって歩いてみることにした。

足元に何かあるのか、ワシャワシャとつぶれるような感触がする。光は少しずつ大きくなり、揺れていた。かなり近づいて初めて、光っているのは小さなペンライトだとわかった。

「月野さん？」

「あ、蓮さん！　それ……何ですか」

蓮さんは潜入着の胸に光るペンラントをぶらさげ、その下に「蓮まこと」と書かれた名札をつけていた。ライトに照らされた名札もまた光っている。

「ああ、これね。名札。かっこいいでしょう。月野さんもこの前あったからわかると思うんだけど、潜入中にパニックになると、わけわかんなくなるじゃん。ぼくもパニクったことあるって言ったと思うけど、やっぱりそのとき自分の名前すら言えなくて、強制排出されたんだよ。それから潜入するときは、どれほど混乱していても最低限自分で名前は唱えられるように、名札つけて潜入することにしているんだ。あれ以来、パニックになったことはないから使ったことはないんだけど、一応、お守りみたいなもんかな」

穏やかに話す蓮さん。私が潜入を休んでいる間も、蓮さんはこのお守りをつけながら潜入してくれていたということだ。私は、あらためて申し訳ない気がした。そして、自分の失敗を繰り返さないように対策をしている蓮さんを尊敬した。

「どうして名札まで光っているんですか？」

「蛍光塗料で名前書いたの。潜入先って暗いこと多いじゃん。暗くても読めるように」

そこまで考えて自分の身と患者の安全を考えられている蓮さんは、ダイバーに向いてないことなんてないんじゃないか。

「合流したか？」

堺先生の声だ。

「はい！」

「全体的に暗くて地図読みが難しい。そっちも慎重にやってくれ」

「はい」

蓮さんとはぐれないようにしながら、真っ暗い中を手探りで進む。暗くて見えないけれど、やっぱり何かを踏んでいる感触がする。ゆっくり歩いていると、蓮さんが突然「うわあ」と言ってしりもちをついた。

「大丈夫ですか？」

「うん。なんか足に引っかかった」

蓮さんが胸につけたペンライトで照らすと、そこには膝を抱えてうずくまっている人物がいた。

「うわ、びっくりした」

思わず声をあげてしまう。そっと顔をのぞくと、患者のようだ。患者は微動だにせず、うつむいている。

「患者の部屋かな」

「そうですね」

何かが顔にさらっと触れる。手探りでつかんでみると、細いひものようだ。引っ張ると、カチッと音がして、目の前が突然真っ白に明るくなった。急な明るさに目が慣れない。薄目をしながらゆっくり目を開けると、そこは足の踏み場もないほど散らかった部屋だった。顔に触れたものは、電気のひもだったらしい。

床に散らばった本や書類。ぐしゃぐしゃのティッシュ。埃《ほこり》の浮いたカップ麺の食べ残し。敷きっぱなしと思われる布団。その部屋の隅に、患者がうずくまっていた。

足元の感触は、散らばったごみの数々だったのだ。

「最近の患者ですかね」

「そうかもしれないね」

希死念慮にさいなまれて何も手につかないのだろう。死にたい気持ちが強くなると、身辺整理をする人がいる。逆に、生活する力すら残っていない場合もある。患者は、後者だろう。人が暮らしているとは思えないほど散らかったこの部屋で、希死念慮にむしばまれていった患者。いったい何があったのだろう。

「核を捜そう」

「はい」

部屋の電気がついてから、少しずつ皮膚がびりびりしていた。方角は右。おそらく核はこっちだろう。

少し進むと、また暗くなった。離れたところに提灯《ちょうちん》のような灯りが微かに見える。

「蓮さん、何かあります」

「行ってみよう」

近づくとそれは、お葬式だった。

「お葬式だ」

香典を渡す受付のところに、喪服姿の人々が並んでいる。暗い顔をして、空気が重く感じた。悲しみの密度が濃い。天寿を全うした人のお葬式ではないように見える。そこに、喪服姿の患者がいた。悲しいというより苦しいような表情で、立ち尽くしている。

「蓮さん、患者です」

蓮さんがうなずく。

「おい、佐藤《さとう》」という声が聞こえ、ひとりの男性が近づいて行った。

「あ！」

蓮さんと同時に声をあげた。佐藤と呼ばれた患者に近づいていった男性、それは本城さんだった。今より少し若い、おそらく会社員時代の本城さんだ。患者の肩に手をやって、患者と同じように苦しそうな顔をしている。これは誰のお葬式なのだろう。

「まだ若いのにね」

香典の列に並んでいる人たちの声が聞こえてくる。

「会社がブラックって噂《うわさ》だったけどな」

「じゃ、過労死ってことか？」

「いや、自殺らしいよ」

自殺。たしかにそう聞こえた。

私はそっと斎場の中へ入る。そこに置かれた遺影は、二十代くらいの男性だった。

「沢田《さわだ》」と名前が書いてある。これが、患者の印象深い記憶。この遺影の沢田さんとは、どういう関係なのだろう。

「ここは、核じゃないのかな」

「【絡み】は見当たりませんね」

私の皮膚は、まだ右側だけがびりびりしている。まだ核ではないようだ。

お葬式を通り過ぎて進むと、急に雲が晴れたように明るくなった。温かい、夏の夕暮れのにおい。雨上がりのような、微かに蒸した空気。遠くから聞こえる喧騒《けんそう》が少しずつ大きくなる。近づいてみると、人々の輪郭がはっきりして、ずいぶん騒がしい。屋外の、ビアガーデンのようなところだ。

「なんだ、悩みがあるのか？　俺に相談しろって」

目の前で男性が大きな声を出した。ビールジョッキを片手に、隣にいる男性に声をかけているのは本城さんだった。

「そうだよ！　沢田、本城に聞いてもらえって」

同じくビールを飲んでいる男性が声を出す。本城さんが、同僚とビアガーデンにいる。意外すぎて患者の記憶の捏造《ねつぞう》かと疑ってしまいそうになった。

「あれ、本城さんですよね」

思わず蓮さんに確認してしまう。

「うん。ずいぶん雰囲気違うけど、本城さんだね」

「一緒に話している男性、患者ですね」

「そうだね。あれ、もうひとりの人は、さっきのお葬式の遺影の人じゃない？」

よく見ると、本城さんが「相談しろ」と話している相手は、お葬式の遺影の男性、沢田さんだった。

「ずいぶん親しい人を亡くしたんですね、患者も、本城さんも」

「そうみたいだね」

本城さんが潜入したがっていた理由がわかった気がした。患者である佐藤さんとも、患者の記憶に強く残っているもうひとりの遺影の男性、沢田さんとも、親しかった。こんな風に一緒に飲みにいくほど仲が良かったのだ。そして、そのうちのひとり、沢田さんは亡くなっている。それも、自殺で。

本城さんはビールをぐびぐびと飲みながら大きな声で笑っていた。豪快で、楽しそうで、快活だった。私の知っている、繊細そうで、完璧主義で、そっけない本城さんとは別人のようだ。

右側の皮膚のびりびりが強くなっている。核が近そうだ。

「蓮さん、こっちだと思います」

「うん、行こう」

楽しそうに飲んでいる三人を置いて、私たちはまた進んだ。

そこには扉があった。全身の皮膚がびりびりする。扉のまわりは、真っ黒いコールタールのようなねっとりとした闇で覆われている。明らかに今までの闇より濃い。

「蓮さん、これ……」

「核についたかもしれないね」

蓮さんがゆっくりドアノブに手をかけた。私は全身がびりびりする。ゆっくり開かれる扉。薄明るいその中に、私たちはゆっくり入った。

そこは、最初に患者がうずくまっていた部屋と同じ作りの部屋だった。でも同じ部屋ではない。家具の配置などが違う。会社の社宅だろうか。

その部屋に、私たちに背中を向けている男性がふたりいた。そして、その背中ごし、男性たちがみつめる先に、遺体がひとつぶらさがっている。洗濯物を干すためのものだろうか。天井の下に設《しつら》えられた金属製の梁《はり》に、ロープがつるしてあり、そこに男性がぶらさがっていた。

「これが【絡み】ですね」

「そのようだね」

「ここにいるの、本城さんですよね」

私は遺体を見上げている男性を指して小声で言う。蓮さんも男性をちらっと見た。

「そうだね。本城さんと、患者だ」

本城さんと患者は、あっけにとられた様子で、縊死体《いしたい》を見上げていた。

ぶら下がっている遺体は、通常の縊死体とは様子が違っていた。体が細かいパーツに分かれ、バラバラのジグソーパズルのように入れ替わっている。顔の部分には手の指のようなものがあり、首の部分に爪のようなものがある。胸のあたりに目があり、足首に耳がある。

「正常な位置に戻さないと【絡み】はほどけない、ということかな」

　蓮さんが言う。

「たぶん、そうです。形状は【混乱】だと思います。前に似た形状のものを本城さんとほどいたことがあります」

「そうか。やってみよう」

　私はゴム手袋をつけ、【絡み】全体に潤滑剤をかける。おそるおそる胸のあたりにある目を触ると、ぐにゃりと動かせた。それをゆっくり移動させ、顔の、目のあるべき場所まで移動させる。目を移動させていくと、目の場所にあった別の部位がずれて、目が正しい場所におさまる。このやり方でひとつずつ正確な場所へ移動させるしかなさそうだ。

　私と蓮さんは、潤滑剤を足しながらバラバラになった体の部位を正しい場所へ移動させていった。

　足首にある耳をゆっくり移動させる。頰のあたりにあるかかとをゆっくり足元へ降ろしていく。少しずつ体が正常な形を取り戻しつつあった。

　蓮さんは【絡み】をほどきながら、その場にいる本城さんを気にしているようだった。

「この亡くなっている人が、遺影の男性、沢田さんですよね」

「たぶん、そうだろうね」

「本城さんは、同僚の自殺の、第一発見者ってことですよね」

この様子から察するに、縊死体の第一発見者が、患者と本城さんだ。患者は、その苦しさから、【絡み】を生み出し、希死念慮が出た。

「本城さんには、【絡み】ができなかったのでしょうか」

それは、当然出てくる疑問だった。

「わからない」

それは誰にもわからない。本城さん自身にも、わからないかもしれない。心配で心がいっぱいになっていく。

でも、今は患者の【絡み】をほどくことに集中しなければならない。本城さんを潜入させなかったのは、堺先生の正しい判断だったと思った。自分の発見した同僚の遺体が【絡み】である同僚への潜入。それは、いくら本城さんでも、負担が大きすぎる。

少し時間がかかったけれど、ジグソーパズルのようになった【絡み】はほどけた。

そこには、遺影の男性がぶらさがっていた。首が伸び、顔はうっ血し、排泄物《はいせつぶつ》を流し、凄惨な姿だった。これがそもそもの正確な状態なのだろう。ショッキングという言葉では表現できない衝撃だ。突っ立ったままの本城さんと患者のことが気になったけれど、ここで何かできることはもうない。

「戻ろうか」

蓮さんも同じように思っているのか、表情は沈んでいる。

「はい。戻りましょう」

「ぼくは、蓮まこと、蓮まこと、蓮まこと」

「私は、月野ゆん、月野ゆん、月野ゆん」

足元からひゅっと落下する感覚がした。

目を開けると、萌野さんが顔をのぞき込んでいた。

「月野さん、大丈夫ですか」

小さな声で聞いてくる。

「大丈夫です」

目は覚めたが、いつもより疲れている。患者の核をのぞくことで、本城さんの心にも肉薄したような気がしていた。知人に潜入しないのは鉄則だが、直接の知人でなくても、核の中で親しい人の知らない一面を見てしまうことがある。それは、今まで体験したことのないことだった。

「蓮さん、大丈夫ですか」

萌野さんが小さな声で話しかけながら、蓮さんの顔をのぞき込んでいる。

「大丈夫です」

蓮さんの声も小さいと思った。私と同じ疲労を感じているのかもしれない。そもそも蓮さんは、普段はアジャスターだ。ダイバーじたい、慣れていない。私以上に心身を疲弊させているかもしれないと思った。

「ちゃんと戻ってきてくれて良かった。お疲れさま。カンファレンスは、少し休んでからにしよう」

堺先生の声がする。たしかに、もう少し横になっていたかった。

堺先生が萌野さんに「ふたりのバイタル管理を頼む」と言って、患者をベッドごと運んで潜入室を出ていった。患者を病棟看護師に頼んで、カンファレンスに戻ってくるのだろう。それまでは少し休ませてもらおう。

「患者は三十五歳、男性。うつ病。投資会社の会社員だ。潜入前に言ったとおり、本城の前の職場の同僚だ。おそらく、これが核だろうというエピソードがある。患者は同僚の自殺の第一発見者だ。その、同僚の死んだ姿が今でも夢に出てくると言っていた。どうして助けてあげられなかったんだろう。そう思うと眠れないし、どうしてあげれば良かったのか今でもわからず、考え出すと混乱してきて、自分も死んだほうがいいんじゃないかと思う、と話していた」

カンファレンスが始まり、堺先生が説明する。身近な人を自殺で亡くした経験のある人は、自分を責めることが多い。自分はどうすれば良かったのかいつまでたってもわからず、誰も正解を教えてくれないから、混乱し続ける。その苦しみは、私も痛いほどわかった。

「でも、どうして今になって希死念慮がひどくなったのでしょうか。同僚の方が亡くなったのはいつですか?」

「六年前だ。患者は、最近この同僚の七回忌に行ったそうだ。そこで、今もなお憔《しょう》悴《すい》しているご両親を見て、つらさがよみがえったらしい」

ご家族も患者も、ずっとつらい気持ちを抱えながら生きてきたのか。

「核は、同僚と思われる人の自殺現場で、【絡み】は、遺体そのものでした」

蓮さんが話し出す。

「バラバラのパズルみたいで、モザイク画のようになっていました。ほどくと、ありのままの縊死体になりました。形状は【混乱】だと思います」

自責感や衝撃を考えると、忘れてしまえたほうが楽だっただろうと思う。でも、忘れたくない、という気持ちもあったのではないか。「死んだ人は、人の記憶から消えたときにもう一度死ぬ」などという言葉もあるくらいだ。亡くなった人を忘れることは、悪いことのように思われているふしがある。遺《のこ》された人が健康に生きていくためには、忘れることはできなくても、受け入れることが必要なのだろう。もしかしたら、【絡み】をほどくこととは、苦痛を受けていた自分を受け入れることなのかもしれない、とふと思った。

「【絡み】をほどくことは、希死念慮の軽減だけじゃなく、心的外傷の受容の手助けになるのかもしれませんね」

堺先生が興味深そうに私を見る。

「つらいことのない人生なんてないじゃないですか。だから、忘れることはできなくても、みんな受け入れながら生きています。その受け入れのひとつの方法が【絡み】をほどくことなのかな、とちょっと思いました」

「滝さんと話したら、おもしろいと言いそうだな」

研究で【絡み】の存在を見つけ、それを物理的にほどくことで神経伝達物質を正常化できると発見したのは滝博士だ。しかし、【絡み】とはいったい何なのか、どうして神経伝達物質が正常に働くようになるのか詳しいことは研究の途中である。今度滝博士に会ったとき、話してみようと思った。

「患者は、忘れられないし、忘れたくない。でも覚えていると自分がつらいし、どうしたらいいかわからない。それならいっそ、自分も死んでしまおう。そう思ったんですかね」

「そうかもしれないな。今回は、七回忌というきっかけがあって希死念慮の再燃が強かったが、【絡み】はほどいたし、本人も【絡み】に自覚があると思うから、少しずつでも自分を責めない方法を見つけていけるよう治療が必要だな」

「そうだ、患者さんが同僚の自殺を発見したとき、本城さんも一緒にいました」

堺先生は眉間にしわをよせて「ああ」とうなった。

「そういうことか。本城が珍しくずいぶんムキになって潜入したがるから、何かあるのだろうとは思っていたんだ。じゃ、本城も同僚の自殺の第一発見者か」

「はい……」

「潜入させなくて良かった……」

堺先生はひとり言のように言った。蓮さんは、カルテの入力をしながらじっと真面目な顔をして、何か考えているように見えた。

着替えて更衣室を出ると、蓮さんが廊下でスマートフォンを操作していた。

「お疲れさまです」

「ああ、月野さん、お疲れ」

表情が冴《さ》えないように見える。

「どうかしました？」

「本城さんをごはんに誘ったんだけどね、やっぱり断られたよ」

私も本城さんのことは気になっていた。

「今日、珍しく感情的でしたよね」

「そうなんだよ。何を考えているのか、ぼくたちにどう思われたと思っているのか、ちょっと話したかったんだけど、やっぱり食事には付き合ってくれないみたい」

「大丈夫でしょうか」

「んー、わかんないね」

蓮さんは少し寂しそうに苦笑して「月野さんはごはん行ける？」と言った。

「はい。行きましょう」

潜入はうまくいったのに、気が晴れない日だと思った。本城さんはひとりで家にいるのだろうか。外に出ると冷たい風が前髪を揺らす。この寒い日に、本城さんが、暗い部屋にうずくまっていた患者の姿と重なる。あの完璧主義で隙のない本城さんの孤独。潜入中のイメージを引きずるのは良くないとわかっていながらも、今日のケースは忘れられない潜入になったと思う。

「寒いから、お寿司じゃなくてあったかいもの食べに行かない？」

コートのポケットに手をつっこんで蓮さんが言う。

「いいですね」

「駅前のラーメンかな」

「味噌《みそ》ラーメンでしたっけ？」

「そう。ちょっと遠いけど、タクシーで行っちゃおう」

そう言って、病院の前に停まっているタクシーに合図をする。蓮さんは蓮さんで、今日の潜入にとても疲れているのだと思った。

ラーメンで、体はほかほかに温まった。濃くて甘めの味噌味。もやしとコーンがたっぷり載っていた。少し混んでいたから特にしゃべることもなく、ふたりで黙々とラーメンをすすり、店を出た。

「おいしかったですね」

そう言う私を見て、蓮さんは少し笑った。

「良かった。この前、お寿司食べにいったときは、全然おいしくなさそうだったから」

そういえば、と思った。潜入中にパニックになった日、蓮さんと食べたお寿司を思い出す。

「その通りです。この前は、味がよくわかりませんでした。やっぱり休息って大事ですね」

私は、有給休暇の日々を思い返す。母のお墓参りに行って、自分の過去を知った。命の恩人に出会えて、自分の中で何かが変わり始めていた。それ以外は特に何もせず、のんびりと今後のことを考えたりしていたけれど、職場へ行かず潜入もしない日はやっぱり必要だったのだ。

「本城さんも、休めているといいですね」

「そうだね」

本城さんと休暇。一番似合わない言葉な気がした。

温まった体で、ふたりでのんびり歩き出す。お互い何も言わなかったけれど、歩いて帰りたい気分だった。

「今回、患者さんが本城さんの知人だったから、ぼくたちが潜入したことで、本城さんの過去も知ることになってしまったでしょ？」

蓮さんは、ポケットに手をつっこんだまま静かに話し出した。

「本城さんは、同僚の人の【絡み】に心当たりがあったんだと思うんだ。だって、同じ場所に居合わせていたんだから」

その通りだ。

「でも、自分が潜入できないから、ぼくたちが潜入するしかないでしょう。そうすると、自分の過去のこともぼくたちに知られてしまう」

「知られたくないことだったかもしれませんよね」

「うん。潜入治療って、患者のプライバシーは考慮されているけれど、患者の近しい人のプライバシーまでは守っていないよね」

「過去の潜入でも、患者以外の人が核にいたケースはありましたけれど、知り合いじゃないから気にしていませんでした」

「ぼくも今まで気にしていなかったよ。でも、ダイバーが患者に近しい人と知り合いの場合、その人の心も知りうる治療ってことだよね」

そもそも患者の核は、たったひとりで形成されていることのほうが少ない。誰かほかの人とのやり取りの中で【絡み】が生まれる場合が多いのだ。その相手のプライバシーまで、私たちは考えていなかった。患者の知人が潜入しないのは鉄則だが、患者に近しい知人がいる場合も、危険をはらんでいるのだ。

「あとで本城さんにラインしてみます」

「ぼくもまた連絡してみるよ。月野さんは、有給切り上げて出勤したぶん、どうしたらいいか堺先生に聞かないとね」

「そうですね。でも、もう大丈夫です」

今度は、本城さんに休んでもらいたいと思った。私が尊敬して、憧れている潜入師の本城さん。あの人にこそ、休息が必要なのではないかと今は思う。

七　自責

まどろみのなかで、ブーブーという音が聞こえた。手を伸ばすと、スマートフォンが振動している。着信画面は蓮さんだ。時間は夜中の二時。眠気がすっと引いていく。

「もしもし。どうしたんですか、こんな時間に」

「ああ、月野さん。大変なことになった。今、堺先生から連絡あったんだけど、本城さんが大量服薬で救急に運ばれたって」

「ええ！」

いきおいよく立ち上がった。スマートフォンを持つ手が冷えていく。

大量服薬……自殺をはかったということか。

「無事なんですか！」

「胃洗浄して、点滴で薬を薄めているらしいけど、まだ意識は戻らないって」

体がぐらんと揺れるような感覚がする。

「命に別状は……」

「それもわからない」

「どうしてそんな……」

「同僚の人のことが関係あるのかもしれない」

元同僚の強い希死念慮。同僚の核にいた本城さんにも、同じ核の【絡み】があってもおかしくない。

「それで、堺先生が、このまま意識が戻らないようなら潜入して強制的に【絡み】をほどくって」

「え！　そんなことできるんですか⁉」

「わからないけど、堺先生はやるって。だから、月野さんにもすぐ来てほしいって」

「わかりました！」

私は、かばんをひったくるように抱えて、急いで家を出た。

潜入着に着替えて潜入室へ走ると、もう蓮さんは着いていて、堺先生もいた。

「月野、こんな時間に悪いな」

「いいえ、本城さんは大丈夫なんですか！」

「わからない。救急でやれることはやったそうだが、意識は戻っていない。取り急ぎ、潜入の許可はもらってきた」

そこへ救急の医者と看護師があわただしくベッドを押して潜入室に入ってきた。そのベッドには、本城さんが寝かされている。

「本城さん！」

思わずベッドに駆け寄る。本城さんは、点滴につながれており、薄緑色の病衣を着て、眠っているように見えた。口のまわりから首のあたりにかけて黒く汚れている。胃洗浄をしたあとに使う、活性炭だろう。

いつもの冷静で頼もしい本城さんは、そこにはいなかった。私は、冷たいベッドの柵を握りしめる。どこかに力を込めていないと泣いてしまいそうだった。

「ありがとうございます」

堺先生と救急の先生が話している。

「意識は戻っていませんが、もしかしたら本人が目覚めることを拒否しているのかもしれません。堺先生のおっしゃる潜入でその意識が変えられるなら、やってみる価値はあると思います」

救急の先生は力強く言うと、看護師と一緒にすぐに去っていった。救急にはまだ多くの患者がいるのだろう。休まる時間のない科のひとつだ。

「前回、本城の元同僚に潜入するときは、本城は顔見知りだから潜入させなかった」

堺先生が本城さんへの潜入の準備をしながら言う。私も急いで自分の潜入用ベッドへ向かった。蓮さんも、ベッドに腰かけて準備を進めている。

「本当は、今回も本城に潜入するのは、君たちじゃないほうがいいんだ。何年も一緒に仕事をしてきている仲間だ。どうシンクロしてしまうかわからない」

本城さんの元同僚の核の中には、本城さんがいた。本城さんの核の中に自分がいて、その姿が自分の思っているものと違った場合、私は耐えられるだろうか。

「ただ、私は個人的にも、本城を助けたいと思っている」

個人的に？

「公私混同は良くないとわかっている。でも、本城は、良き潜入師として一緒に仕事をしている仲間であり……実は私の患者でもあるんだ」

準備をしている手が一瞬止まる。

「これだけ知っている仲だ。もう先入観も何も関係ないだろう。個人情報だが、今の本城は患者だからな。患者情報として共有する。本城は、私の外来の患者だ。本城はずっとうつ症状と闘いながら生活していた。私は、本城の主治医なんだ。でも、本城の【絡み】をほどくことは私にはできない。潜入師の君たちに託すしかないんだ」

堺先生も苦しんでいる。私たちが頑張らなきゃいけない。私たち潜入師にしか【絡み】はほどけないのだ。

「本城は、うつ症状を抱えながら潜入師の仕事をしていた。それは大変なことだったけれど、人の役に立っている実感があるほうがうつ症状が和らぐと本人が言っていたんだ。だから、私は仕事を続けてもらうことを選んだ。だが、それが正解だったのか自分でもわからない」

堺先生はつらそうに続けた。

「それに、潜入師の仕事じたいが、本城の【絡み】の可能性もある」

私はハッとして顔をあげる。

「本城さんが、潜入を負担に思っているということですか?」

「負担のない仕事なわけはない」

「でも、本城さんはこの仕事に誇りを持っています」

「だからこそ、【絡み】になることもある」

私はぐっと黙る。堺先生の言う通りだ。

誇りを持って真面目に取り組んでいる。だからこそ、【絡み】になることもあるのではないか。まして、人の役に立つことで自分のうつ症状を軽減させていたなら、それは危ういと思った。今ならよくわかる。私自身がそうだったから。

「潜入先のどんな場面で、どんな本城を見ても、どうかうろたえないでほしい」

堺先生が、感情を殺したような声で言う。

「わかっています」

蓮さんが、いつになく真面目な声でこたえた。

「ぼくと月野さんは、本城さんのことを信頼しています。【絡み】が何であっても、ぼくたちはそれをほどいて、本城さんの希死念慮を軽減させる。それが仕事です」

堺先生がふーっと息を吐いて「そうだな。その通りだ。ただ、どんなリスクがあるかわからない」と言った。

「まかせてください。ねえ、月野さん」

「はい。もちろんです」

私は両手をぎゅっと握って、気持ちを引き締めた。ヘルメットをかぶり、胸にシールを貼り、ベッドに横になる。

「すぐに萌野もアシスタントに来てくれる。どうか無事に戻ってくれ。頼んだぞ」

「はい。いってきます」

堺先生が祈るような顔で、私の腕にゆっくりと薬剤を注入する。脳波測定器と心波測定器からピッピッと三人分の音がする。その音が少しずつ重なって本城さんとシンクロしていく。ピッと音が重なった瞬間、ぐんとベッドに沈み込んだ。

目を開ける前から、ずいぶん騒がしい音が気になった。人が大勢いるような感じだ。

「おい、本城も飲めよ」

「はい！　いただきます！」

ひときわ大きな声に、パッと目を開ける。人々の輪郭がはっきりしてくる。そこは居酒屋の座敷席だった。ネクタイを緩め、ワイシャツの腕をまくり、男たちが大勢で酒を飲み、何か食べている。陽気で楽しそうな雰囲気。

「新人、本城、歌います！」

突然、若い男性が立ち上がって歌い出した。まわりの人たちがはやし立てる。その男性は、本城さんだ。

「おい、無事か！」

イヤホンから堺先生の声がした。

「月野です。潜入成功しました」

「蓮も近くにいるはずだ」

「捜して合流します」

居酒屋は人が多くて騒がしい。蓮さんと無事に合流できるだろうか、と思っていると、大きな声で歌っている若い頃の本城さんを、口を開けて眺めている蓮さんを見つけた。

「蓮さん」

「あ、月野さん！」

「潜入成功しましたね」

「うん。ねえ、あれ本城さんだよね」

「ええ、たぶん。顔は本城さんです」

「あんな元気に歌うところなんて見たことがないね」

「私も驚きました。同僚の方の潜入のときも思いましたが、本城さんってもともとは、陽気な人なんですね」

「たしかに、同僚の人への潜入でも、ぼくの知っている本城さんとは雰囲気が全然違った」

「この陽気さを奪ったものが、核にあるのかもしれません」

「となるとやっぱり……」

「ええ、そうだと思います」

私と蓮さんは、おそらく同じ光景を思い浮かべただろう。本城さんの元同僚の核で見た光景。

「ねえ、本城さんの隣にいる男性、自殺で亡くなった同僚の人じゃない？」

蓮さんに言われてよく見ると、本城さんに肩を組まれて苦笑しながら一緒に歌っている男性は、潜入先で見た縊死体の男性、沢田さんだった。

「本当だ。やっぱり、かなり親しかったんですね」

「うん。核を捜そう」

私は、びりびりする感覚がする前方へ向かって、蓮さんと一緒に歩き出した。

居酒屋の喧騒を離れ、次にほんわりと現れたのは、どこか建物の一室だった。オフィスだろうか。事務机がいくつかあり、窓の下には小さな観葉植物。西日に照らされて、部屋全体がうっすらとオレンジ色に染まっている。男性がふたり、顔を突き合わせて話をしている。ほかには誰もいない。ひとりは本城さんで、もうひとりはさっき肩を組んでいた男性、沢田さんだ。

「大丈夫だって。もう少し一緒に頑張ろうぜ。同期だろ？　俺も力になるから」

本城さんは、男性に一生懸命話しかけていた。沢田さんは表情が乏しく、「でも」や「いや、もう」といったことをぼそぼそと話している。もしかしたら沢田さんは、会社を辞めたがっていたのかもしれない。

「本城さん……ずいぶん励ましてるね」

「はい」

「なんだかすごく嫌な予感がするよ」

「ええ、本当に」

その場にいるのがつらくなって、私たちは足早に先へ進む。

「お寿司食べに行くんですけど、一緒にどうですか？」

唐突に蓮さんの声がして、ぎょっとして蓮さんを見ると、同じくぎょっとした顔で私を見ていた。

「なんか言いました？」

「いや、ぼくじゃない」

「蓮さんの声でしたけど」

「もしかして……」

うすぼんやりと輪郭が見えてくる先に、蓮さんの姿があった。

「いや、すまない。俺は寿司が苦手なんだ。食べられない」

病院の、更衣室を出た廊下で、蓮さんと本城さんが話している。本城さんの記憶の中の蓮さんと、私の知っているクールな本城さんだった。

「なーんだ。残念です。また誘いますね〜」

本城さんの記憶の中の蓮さんが言った。それを、潜入中の蓮さんと一緒に眺めている。

「前にお寿司に誘ったときだ」

「お寿司、苦手って言っていましたもんね」

蓮さんが本城さんを置いて帰っていくと、本城さんは息を吐いてうつむいた。その顔は、何かに耐えているように苦し気だった。

「本城さんがお寿司食べられないって、嘘なんじゃないですか?」

「嘘?」

「嘘っていうか……私にも外食はしない主義とか言っていましたけど、私たちと食事をしたくなかったんじゃないでしょうか」

「どうしてだろう」

「もしかして本城さんって、本当の本当は、私たちとごはん行きたかったんじゃないですか」

「え? どういうこと?」

「だって、会社員時代あんなに陽気な人でしたよ」

「ああ、そうだね……ああ、そういうことか。もしかしたら」

そう言って蓮さんは唇を噛んだ。

「もう……失いたくなかったのかもしれないね」

そうなのかもしれない。まだ核までたどり着いていないからわからない。でも、本城さんはクールでも不愛想でもなく、本当は後輩と親しくなるのが怖かっただけなのかもしれない。仲の良かった沢田さんを自死で失った本城さんは、もしかしたらもう誰も失いたくなかった。だから、私たちと親しくなることを避けた。

「本城さんは、仕事がつらいときって、どうしていま……」

　突然、自分の声がしてまた驚く。

「仕事がつらいのか？」

　同じ職場の廊下だった。でも、本城さんの服装が変わっている。そこには、本城さんに声をかけている私がいた。

「前に私が食事に誘ったときです」

　本城さんの記憶の中の私と本城さんのやりとりを眺める。

「あ、いや、別にすごくつらいってわけじゃないんですけど、今日みたいな珍しいケースに潜入したあとって、普段よりちょっと疲れるじゃないですか。そういうとき、どうやって発散しているのかな、と思いまして……」

「別に、特に発散はしない。家に帰って、飯を食って、寝るだけだ。そんなことより、月野は今日すごく疲れたのか？　負担が大きかったか？」

「いや、そんなにすごくってわけじゃないですけど」

「仕事でつらいことがあったら、すぐに蓮や堺先生や滝博士に相談するんだ。わかったな」

「あ、はい。それは、しますけど」

「それなら、いい。すまないが、外食はしない。じゃあな」

本城さんは、私を置いて去っていった。

現実の私はその背中しか見ていなかったけれど、今正面に見える本城さんは、蓮さんの誘いを断ったときと同じように、何かに耐えるような顔をしていた。

「誘われることじたい、つらかったのでしょうか」

私たちの存在が、本城さんを苦しめていたことはなかっただろうか。そんな風にも考えさせられる。

「ぼくたちのせいじゃない。きっと、本城さん自身の問題だよ」

「そう……ですね」

もう誰にも、耐えられないほどのつらさを味わってほしくない。でも、俺にはそのつらさを解決することはできない。そう思っていたのだとしたら。

「核を捜そう」

「はい」

私は、早く核の【絡み】をほどきたいと思った。本城さんを苦しめている【絡み】を、はやくほどきたい。

そこへ着いたとき、私は全身がびりびりしていた。見たことのある扉だった。真っ暗な闇に覆われた、絶望の扉。

「蓮さん、やっぱり」

「ああ、そうだね。ここが核だね」

そこは、本城さんの同僚の人の核と同じ扉だった。おそらく、亡くなった沢田さんの部屋だ。この中に、縊死体がある。わかっていて入るのは気分がいいものではないけれど、今気にしなければならないのは、早く本城さんの【絡み】をほどくことだ。

「開けるよ」

蓮さんが部屋のドアノブに手をかける。

「はい」

私はぐっと拳を握った。ゆっくり開く扉。見覚えのある一室。

そこにいたのは、この前潜入した本城さんの元同僚、佐藤さん。本城さんと一緒に第一発見者となった人だ。その目の前に遺体。沢田さんが、室内干しをするための天井の梁からロープでぶらさがっていた。

それは、前と同じだった。しかし、その姿は【絡み】ではなかった。

「蓮さん、縊死体は縊死体のままです」

「うん、そうだね」

見たままの、記憶のままの遺体に違いないと思える状態だった。

「本城さんの核の中では、縊死体は縊死体のまま」

「ってことは、【絡み】は?」

私は振り向いて、ひっと声をあげた。蓮さんも振り向いて、うっと声を出す。

本城さんがいるはずの場所に、【絡み】はあった。【絡み】は本城さん自身だった。

本城さんらしき人物は、壁によりかかるようにして座っていた。顔はうっ血し、腫れてパンパンだ。白目は充血している。首は関節が脱臼したように伸び切り、ロープが何重にもぎちぎちに巻き付いている。下半身は排泄物で汚れており、悪臭がひどい。

「蓮さん、これ……」

「ああ、本城さんの【絡み】は、自分自身だったのか」

「それは……」

「同じ現場にいた同僚の佐藤さんの【絡み】は、亡くなった沢田さんだった」

「はい」

蓮さんと一緒にほどいたからよく覚えている。

「でも、本城さんの場合は、核が同じ現場でも【絡み】は自分自身。沢田さんが自殺した現場を発見して、本城さんは自分を責めたんだ。だから本城さん自身が縊死体みたいになっている。形状は【自責】じゃないかな」

「そんな……」

「繊細そうだとは思っていたけど、まさかここまでとは……」

蓮さんは本城さんに近寄った。

私もゴム手袋をつけて、ぎゅっと手を握って気合を入れる。

「ほどきましょう」

「うん」

私は首に巻き付いたロープの結び目を探す。薄茶色のロープは首に食い込んで、皮膚は紫色に変色している。

「あった、ここだ」

何重にも重なったロープの奥のほうに、きつく固結びされた結び目を見つけた。

大量服薬をしてぐったりベッドに横になっていた現実の本城さんが目に浮かぶ。

「今、ほどきますからね」

私はロープの結び目に潤滑剤をかけて、蓮さんと一緒に少しずつ緩めるようにたぐっていく。

冷静に、いつも本城さんがやっていたように、丁寧に丁寧に……私は自分に言い聞かせる。ロープが食い込んでいるから、下手をすると皮膚を傷つけそうだ。潤滑剤を足しながら、ゆっくり慎重に。失敗したら、本城さんの希死念慮は余計に強まる。ここが、踏ん張りどころだ。

「俺は、月野と一緒だからいつも安心して潜入できるんだ。そのことを忘れないでほしい」

本城さんに言われたセリフがよみがえる。私だって本城さんと一緒だったから安心して潜入していたのに、どうしてこんなことになるんですか。本城さんがいなくなったら、私どうすればいいんですか。本城さんを助けたい。早くこれをほどいて、助けてあげたい。

固結びは少しずつ緩んできた。いける。焦るな。ひとつ息を吐いて結び目に指をかけると、ようやく固結びがほどけた。

「蓮さん、結び目ほどけました」

「よし、少しずつ頑張ろう」

何重にも巻かれているロープを首からはずしていく。くっきりと残る絞溝《こうこう》が痛々しい。ロープを全部はずすと、顔のうっ血と腫れが少し引いて見えた。厄介な【絡み】ではあるが、ひとつずつやればほどけそうだ。

「私、体洗うもの探してきます」

「うん」

私は、室内で水を探した。幸い、小さなキッチンがある。蛇口をひねると、水が出た。シンクの下の開きを開けると大きな鍋が入っている。これがいい。私は鍋にいっぱい水を汲《く》んで、本城さんのもとへ運んだ。

「お湯が出なかったので、冷たいけどごめんなさい」

そう言いながら、腰のあたりに水をゆっくりかけた。ズボンと、おそらく下着を汚している排泄物を少しずつ流す。水は茶色く床に広がり、流れていく。そこに、あるはずのない排水溝があらわれ、汚れた水が流されていった。私は何度も水を汲み、本城さんの腰から下半身にむけて流していく。

蓮さんは伸びてしまった首に潤滑剤を塗りこんでいた。何かつぶやいている。耳をすますと、

「つらいですよね。すぐにほどきますからね。少し我慢してくださいね」

ずっと本城さんに話しかけていた。これが本城さんの言っていた、蓮さんのやさ

しさなのだと思った。

蓮はやさしすぎる、と本城さんが言っていたけれど、このやさしさがないと、きっとほどけるものもほどけない。やさしすぎると弱くなる。そうかもしれない。でも、強さになることもある。私は、蓮さんを見ていると、そう思えてならない。

何度も水を流していくうちに、ズボンは清潔になった。蓮さんが潤滑剤を塗りこんでいた首も、きれいになっている。顔色もうすだいだい色になり、これが元の状態だろう。

ふたりで顔を見合わせた。できた。本城さんがいなくても、複雑な【絡み】がほどけた。

ホッと胸をなでおろす。

「すまないな」

声がして驚いて見下ろすと、座ったままの本城さんがしゃべりだした。

「本城さん！」

「手間をかけた」

「大丈夫ですか！」

「わからん。でも、どうやら【絡み】はほどけたようだな。ありがとう」

そう言って、生きている人間らしい姿に戻った自分の手足を眺めた。

「ほどきました。本城さん、絶対に目を覚ましてくださいね！」

そう言うと、本城さんは弱々しく笑った。

「俺は、誰かの役に立つことでしか、生きる意味を見出《みいだ》せないんだ」

私は、自分の心臓をつかまれたような痛みを感じた。母の口癖が胸を突き上げてよみがえってくる。

本城さんも同じように思っていたなんて……。

「でも、こいつだけじゃなく、もうひとりの友人も守れないところだった」

希死念慮が高まって潜入治療をした同僚、佐藤さんのことだろう。

「俺は、もう誰の役にも立てない」

違う。そうじゃない。

「それは間違っています」

私は、はっきり伝えたかった。

「人は、誰かの役に立てればそれは嬉しいことです。でも、そのこととその人の存在の意味は、話が違います。誰かの役に立つとか立たないとか、そんなこと関係なく、人にはそれぞれ命の尊厳があります。本城さんはたくさんの人の役に立っていますけど、もし役に立たなくったって生きていればそれでいいんです！」

本城さんは私を見上げて、目を細めて微笑んだ。

「月野。その言葉、そのままお前自身に返す」

私は、ほとんど泣きそうだった。

「本当は、蓮とも月野とももっと親しくなりたかったよ。俺は、本当はウザいくらいの世話焼きなんだ」

「じゃあ、これからそうしてくださいよ！」

感情的な私の言葉に、本城さんはふっと鼻から息を吐く。

「自分が親しく関わっていた人間を救えないというのは、想像以上に病むもんだな。自分でも、まさかこんな【絡み】になっていたとは、思っていなかったよ」

そう言って、目の前にぶらさがっている同僚の遺体を見上げた。

「俺はこいつが大好きだった。一緒に働きたかった。本当にいい奴《やつ》だったんだ。死ななきゃいけなかったのは、こいつのつらさに気づけず退職を引きとめた俺のほうだ」

「亡くなった方の命は、取り戻せません。でも、それでも、遺された者は生きていくしかないんですよ。役に立つとか、罪を償うとか、そういうことじゃなくて、ただ生きていくしかないんです。それで、いいんですよ……」

「月野……」

「私だって、なんでお母さんと一緒に死ななかったんだろうってずっと思っていたんです。どうして私だけ生き残ったんだろうって。私も死んだほうが良かったんじゃないかって。でも、生き残ったなら、生きないと……だめなんですよ」

本城さんは壁に寄りかかって座りながら私を見上げた。

「月野さん」

蓮さんが、肩にやさしく手を置いてきて、私はハッとした。

「そろそろ行こう。長居は良くないよ」

蓮さんは、悲しいような顔をしていた。蓮さんだって、本城さんと話したいことはたくさんあるだろう。でも、私たちも早く戻らないと何が起こるかわからない。

「本城さん、絶対に目を覚ましてくださいよ！」

私は自分の名前を自棄《やけ》気味に叫んだ。

「私は、月野ゆん、月野ゆん、月野ゆん」

「ぼくは、蓮まこと、蓮まこと、蓮まこと」

足元からひゅっと落下した。

目を覚ますと、潜入室の白い天井が見えた。

「大丈夫か？」

堺先生が顔をのぞき込んでくる。

「あ、はい。大丈夫です」

目は覚めたけれど、まだ微かに体がびりびりしていた。これは今までにないことだった。いつもなら、潜入から戻ればこの感覚は消える。親しい関係の知人に潜入したのは初めてだから、これは副作用のようなものなのかもしれない。

「無事に戻れて良かった」

堺先生の声は、その言葉のわりに沈んで聞こえた。潜入室を見渡すと、ほかに誰もいない。

「先生、みんなは……」

堺先生はゆっくりとこちらを見た。

「蓮は、もう目覚めて先に帰ったよ」

「本城さんは……」

ちゃんと目を覚ましただろうか。堺先生は静かにため息をついた。

「本城は、残念だが助からなかった」

「え！」

私は驚いて体を起こす。

堺先生は、静かに首を振った。

「私たち、ちゃんと【絡み】をほどきました！　中で少しですけど、本城さんと話もしたんです！」

私を見上げて微笑む本城さんの顔が、鮮明によみがえる。

「そうか。でも、本城は目を覚まさなかったよ。そのまま息を引き取った。最期に【絡み】がほどけたのが、救いだな。ありがとう。ごくろうさん」

「嘘……」

「嘘じゃない。私も残念に思っているんだ。でも、助かる命があれば、助からない命もある。それが医療だ」

堺先生は、悲しそうだった。

「私は本城の解剖を見学してくる。潜入が脳に及ぼした影響が見られるかもしれないから、滝博士も来るそうだ」

本城さんは、研究のために解剖されるのか。

堺先生が潜入室を出ていってしまったから、私は、ひとりでヘルメットをはずし、胸のシールをはがした。本城さんが寝かされていたベッドはなくなっていた。蓮さんもいない。本城さんが亡くなってしまったからカンファレンスはやらないのだろうか。それとも、後日やるのだろうか。私は、しばらく潜入室でぼーっとした。誰もいない。何も聞こえない。自分の皮膚だけが、微かにびりびりしている。

更衣室へ向かってとぼとぼと歩いた。蓮さんには会わなかった。本当にもう帰ってしまったらしい。

病院を出て、振り返る。そこにそびえる白い巨塔を見上げながら、もう私が働く意味はないかもしれないと思った。

尊敬していた潜入師の本城さんは死んでしまった。【絡み】をほどけば助かると思っていたのに、本城さんは目覚めることを拒んだ。

私は本城さんを救えなかった。自殺したい人を助けるのは、医療者のエゴなのだろうか。死にたい人は、死なせてあげるのがやさしさなのだろうか。いや、そんなはずはない。

ずっと人を救いたいと思って働いていた本城さんが、自殺してしまった。私は、これからも同じ気持ちで潜入師ができるとはとうてい思えない。皮膚がまだ少しびりびりする。足元が少しふらつく。目覚めているはずなのに、変な気分だ。自分の精神状態が不安定なのだろう。冷たい風が髪を揺らす。寒い。

誰が死んでも生きてても、季節はちゃんとめぐっていく。


本城さんのお葬式は、人がぜんぜんいなくて静かだった。

私は久しぶりに引っ張り出した喪服を着て、慣れないローヒールのパンプスをはいて、お焼香をした。本城さんの遺影は、何年か前の会社員時代の写真のようだった。明るくて世話焼きだった頃の本城さん。同僚とビアガーデンに行って、歌をうたって、楽しそうにしていた頃。見たことのないような笑顔の遺影は、私には別人に見えた。

私は、本城さんのことを何も知らなかったのだ。

蓮さんは来ていなかった。連絡しても通じない。蓮さんは蓮さんで、何か考えることがあるのだろう。本城さんに潜入してから会えていないのが、とてもさみしかった。

静かで悲しいお葬式の帰り、ひとりでゆっくり歩く。風が強くて、身にしみるように寒い。喪服の上に着た黒いコートの前をぎゅっとあわせた。冷たい風が吹く川沿いには誰もいなくて、風の音と川の音しかしなかった。びりびりする感覚が直らない。ずっとこのままだったら嫌だな。

川にかかる大きな橋の道路には、車は一台も走っていなかった。お葬式の会場を出てから、誰にも会っていないし、車も見ていない。深夜というわけでもないのに、さすがに不気味だ。

私は橋の手前の階段を河川敷まで降りて、橋の下をくぐる。街灯の光が届かず、ずいぶんと暗い。

……怖い。瞬時にそう感じた。何か嫌な感じがする。

微かに感じていたびりびりする感覚が、強くなっている。まるで、核にいるときみたい。

「月野さん？」

突然うしろから声をかけられてびくっとする。驚いて振り向くと、潜入着姿の蓮さんがいた。

「やっと見つけた！　どこにいたの？」

珍しく少し焦っているような声だった。

「え？　どこって……蓮さんこそ、何しているんですか」

「何って、月野さんを捜していたんだよ。自分だけひとりで戻っちゃうわけにいかないでしょう」

「戻る？」

「一緒に戻らないと危ないでしょう」

「何の話ですか」

「あれ、もしかして記憶の中の月野さんか。ごめん、気にしないで。ねえ、この服着た自分に会わなかった？」

　蓮さんは自分のカーキ色の潜入着を指した。胸にペンライトが光っている。何を言っているのだろう。

「どういうことですか？　蓮さん、なんで潜入着なんですか？　さっきから誰にも会わないし、全身びりびりするし」

「え？　どっちの月野さん？　潜入中の月野さん？　記憶の中の月野さん？　本城さんの核に入ったことは覚えてる？」

「はい……せっかく【絡み】をほどいたのに、本城さん、本当に残念です」

「え？　月野さん、一回戻ったの？　本城さんがどうなったか知っているの？」

「蓮さん知らないんですか！　本城さん亡くなったんですよ。今お葬式の帰りです」

「ちょっと待ってよ、本当？　ぼくは本城さんの核から出られていないんだけど」

「え？」

「本城さんの核で自分の名前を言っても、潜入室に戻れなかった。初めてのことだったから驚いたし、ちょっとパニクったよ。月野さんもいないし、真っ暗い川沿いをただ歩いてここまで来たんだ。そんで今、やっと月野さんを見つけた」

「どういうことですか……」

「え、待って。もう一回聞くけど君は、本城さんの記憶の中の月野さん？　それとも潜入中の月野さん？」

「私は本城さんの核には潜入しましたが、現実に戻ってここにいます。そう思って過ごしていますけど……」

「ええ？　何それ。違うよ。だって、ぼくは戻れていないのに、なんで戻れていないぼくと現実の月野さんが出会うのさ。ぼく潜入中のままだよ」

それはそうだけれど……。

蓮さんと向き合って話していると、背後からむわっと蒸し暑い風が吹いた。その風に撫でられるように、全身がびりびりし、鳥肌が立つ。季節が逆戻りしたみたいに蒸し暑い。ふと川を見ると、風に撫でられた水面に妙な模様が浮き出ていた。まるで潜入のときの地図のようなマーブル模様……。

「もしかして」

「何？」

「ここ、蓮さんの記憶の中ですか」

「え？　どうして？」

「見てください。川が地図の模様みたいです」

川の水面は、もう確実におかしかった。アジャスターの蓮さんがいつも見ているはずの地図の模様だ。

やはりここは現実ではない？　でも、いつから？　どこから現実じゃなかった？

本城さんはどうなった？

「本当だ、地図の模様になっている。でも、自分に潜入ってできるの？　ぼくは本城さんの核から戻れていないんだと思っていたんだけど」

「わかりません。私はここが現実だと思っていましたから。本城さんの核から蓮さんの中へまぎれこんでしまった、ということでしょうか」

「おい！　大丈夫か！」

突然に大きな声がした。

「堺先生！」

「お前たち、どこにいるんだ！　地図がまったく読めなくなったぞ」

これで確信した。私は現実に戻っていたのではなく、誰かの中にまだ潜入しているのだ。

「本城さんの中なのか、もしかしたら蓮さんの中なのか……」

「どういうことだ？」

「私たちにもわかりません！」

そのとき、また蒸し暑い風が橋の下から吹いてきた。体がびりびりする。じっと橋の下を見ると、黒い影がゆらっと揺れて、誰か歩いてきた。

「誰かいます！」

蓮さんはその人影を見て、うっと声をあげた。

「蓮さん、あの人、知っているんですか？」

人影はゆっくり私たちに近づいてきた。中年の男だった。

「やっぱり、ここはぼくの中みたいだ。ここは、ぼくの核だ」

驚いて、中年の男を見る。ゆっくりこちらに近づいてくる男は、下半身を露出しており、巨大な陰茎がぐちゃぐちゃにつぶれていた。

「うわ」

男はぼたぼたと流血しているくせに痛そうにもせず、少しとぼけたような、涼しい顔をしている。

「嫌なもの見せてごめんね。あれはたぶんぼくの【絡み】だ」

「【絡み】……？」

「あの男は、中学生だったぼくを暴行した奴だ」

キッと目を細めて男を見る蓮さん。

「忘れもしないよ。ぼくは想像の中で、あいつの股間を何度も何度も叩き潰してやったんだ。形状は【願望】だな。前に、旦那さんの不倫相手の女性をめった刺しにした患者さんがいたよね。ぼくも同じだ」

冷ややかに話す蓮さん。

「そんな……ほどいたほうが、いいんじゃないですか」

そんな経験が【絡み】となって核にあったら、死にたくなってもおかしくない。

「いや、ほどかなくていい。ここはぼくの核で、あれは【絡み】だと思うけど、ぼくに希死念慮はない。【絡み】があっても、希死念慮がない場合もあるんだね。滝博士に報告だな」

冷静に話しているように見えるけれど、蓮さんは両手の拳をぎゅっと握っていた。

「あの男は、ちゃんと逮捕されたんだ。逮捕されて、余罪がどんどん出てきて、おそらく刑務所を出られる日は来ないだろう。ぼくだって、死にたいと思ったことがないわけじゃない。でも、だからこそこの仕事を選んだんだし、ぼくと同じ目にあった人がいたとしたら、力になりたいと思っている。だからぼくは死ぬのをやめたんだ。あんな奴のために死んでたまるか、って思った。ぼくだからこそ、誰かの気持ちに共感してあげられるかもしれない。だから、生きていこうと思ってる。ほどかなくて大丈夫だ」

蓮さんは少し青い顔をしていたが、言葉は力強かった。

「今度こそ、ちゃんと現実に戻ろう」

「わかりました」

「ぼくは、蓮まこと、蓮まこと、蓮まこと」

「私は、月野ゆん、月野ゆん、月野ゆん」

ぐらっと視界が揺れて、ひゅっと落下の感覚がした。

目を開けると同時に、激しい衝撃を感じた。

「痛いっ」

どこかに頭をぶつける。狭くて身動きがとれない。

見渡すと、私は車の助手席に座っているらしい。フロントガラスに茶色く濁った濁流が押し寄せてくる。車が川に流されている、とわかった瞬間、全身がびりびりし、鼓動が激しくなった。

「なんだこれは！」

振り向くと、後部座席に蓮さんがいる。

「蓮さん！」

車は川の流れに飲まれ、ごろんごろんと転がりながら流されていく。

「蓮さん、ここたぶん、私の核です！」

「また戻れなかったのか！」

「そうみたいです！」

「うわー！　月野さんの核はいったいどうなっているんだ」

車が回転して上下左右がわからなくなる。ドアも窓も開かない。あのときと同じだ。私はまたあんな思いをするのか。

「月野さん！　ちょっと月野さん！」

「はい！」

慌てて蓮さんを振り向く。

「運転席に誰かいるよ！」

転がる車の中で逆さになった蓮さんが言う。

私は運転席を見る。

「お母さん！」

そこには、あの日私を巻き込んで死のうとして、自分だけ死んでしまったお母さんがいた。激しい揺れで頭でも打ったのか、意識がない。

「お母さん！　お母さん！」

私は夢中で体をゆすった。

目を覚まして、お母さん！　一緒に逃げよう！　今ならまだ間に合うから！

「月野、それは月野の【絡み】だ」

声のほうを見ると、後部座席に本城さんがいた。

「本城さん！」

患者が着る病衣の恰好《かっこう》だった。大量服薬をして、ベッドで寝ていたときの姿だ。

でも、顔色は良くて、意識もしっかりしているいつもの本城さんに見えた。

「本城さん！　無事なんですか」

「わからん」

「どうして大量服薬なんて！」

「俺のことはいい。月野は自分の【絡み】をほどきなさい」

本城さんは、いつも一緒に潜入するときと同じように、冷静に言った。

「私の【絡み】……」

お母さんを見ると、いつも着ていた薄い水色のブラウス姿だった。覚えているより、ずっと色あせて見えた。このブラウス、こんなに古く擦り切れていたのか。気づいていなかった。ブラウスのボタンがほつれて、はずれかかっている。そっと触れると、どくんとお母さんの胸が鳴った。私は慌ててブラウスの前を少しはだけさせる。ひっと息を呑んで、見つめた。

お母さんは、やっぱり私の【絡み】だった。はだけたブラウスの下には下着をつけておらず、肌から心臓がむき出しになっている。皮膚も骨も通り越して、あらわになったお母さんの心臓は、砂漠の砂のように茶色く乾燥していた。そこに張り巡らされた血管が、釣り糸が絡むようにぐちゃぐちゃに絡まっている。

「こんな細かい【絡み】、私にはほどけません！」

私はすっかり弱気だった。転がる車の中で、パニックにならず、恐怖と闘いながら、こんな細かい【絡み】をほどくなんて、とうてい無理だ。

「でも、俺の【絡み】をほどいてくれただろう？」

「そうですけど、それは蓮さんが一緒にやってくれたから」

「自信を持て。いつもの月野らしく、自分を信じてやってみるんだ。大丈夫。俺も蓮も、ここから見ている」

本城さんと蓮さんを交互に見る。ふたりは力強くうなずいてくれた。私にできるだろうか。

【絡み】をよくよく眺めてみる。どくどくと波打ちながら、絡まって一塊《ひとかたまり》になっている血管。脈打つたびに、表面がひび割れてざらざらと崩れていく。形状は【渇望】か……。

私は、ぐらぐらと流される狭い車の中で、お母さんの心臓に触れる。ザラッとしていて、簡単に壊れそうだ。

それでも温かい。お母さん、まだ生きているんだね。

「はい、これ」

後部座席から蓮さんが潤滑剤を渡してくれる。私は喪服のままだから、持っていなかった。

「ありがとうございます」

蓮さんから潤滑剤を受け取り、お母さんの心臓にかける。ガサガサした表面に液体がしみこんでいく。温かい心臓に触れると、お母さんとの思い出があふれるように思い起こされた。

「お母さん、保育園のお迎え遅いとき、泣いてごめんね」

仕事で忙しくても、疲れた顔は見せなかったお母さん。

「お母さん、いつもおいしいごはんをありがとう」

父親がいないことを言い訳にしたことはなかった。いつも自分の時間を犠牲にして私のことを優先してくれた。

ガタンと大きな音をたてて車が岩にぶつかる。怖くなって、とっさに手をはなした。冷静に、落ち着いてやらなきゃ……。パニックになりそうな自分を落ち着かせる。

もう一度、お母さんの心臓に触れる。崩れて服についたかけらを集めて、手の中で潤滑剤とあわせて粘土のようにして、心臓にそっと塗り込む。じんわりと吸収され、少しずつ潤っていく。血管にそっと指をすべりこませ、一本ずつ緩めていく。

お母さん。お母さん。私は涙があふれてくる。一本ほどけるごとに、血管の緊張が緩んでいく。干からびて壊れそうだった血管が、しだいに柔らかくゆるりと波打つ。

「お母さん、いつも絵本を読んでくれてありがとう」

もう少し、もう少しでほどける。

「お母さん、私だけ生き残って、ごめんね」

一本、もう一本と編み物をほどくように血管をほどく。硬くて扱いにくいけれど、ゆっくりと少しずつたわんでいく。最後の一本。丸まって絡んでいた血管は、完全にほどけた。正常な形に戻ったお母さんの心臓は赤く血色を取り戻し、肌の中へぬるっと埋まっていった。

お母さんの胸に手をあてる。私だけ生き残って、ごめんね。ごめんね。

「おい。お前たちどこにいるんだ！」

突然、堺先生の声がした。

「月野の核です！　今戻ります！」

「おお！　本城もいるのか！」

「よくわかりませんが、います！」

「よし、三人でちゃんと戻れよ！」

「はい！」

本城さんと蓮さんが大きな声で返事をする。

「戻るぞ！　俺は本城京、本城京、本城京」

「ぼくは、蓮まこと、蓮まこと、蓮まこと」

後部座席の先輩ふたりは姿を消した。

「ゆん」

声に顔をあげると、お母さんが目を開けていた。

「お母さん！」

胸がしめつけられて、ぶわっと涙があふれた。

「ゆん、泣かないで」

私はとめどなく流れる涙を止められなかった。

「お母さん！　会いたかった！」

「お母さんもよ」

「私だけ生き残っちゃってごめんなさい！」

私はずっとお母さんに言いたかったことを伝えた。

自分だけ生き残ってしまった事実は、【絡み】をほどいても消えるわけではない。

「何言ってるの。お母さんこそ、ゆんを巻き添えにして、ごめんね。……お母さんは役立たずだから、生きている価値がないのよ」

ずっと聞かされてきた、お母さんの口癖だ。でも、私はもうその言葉にはとらわれない。

「そんなことない！　お母さんだって、私だって、ただ生きているだけでよかったんだよ！　役に立つとか立たないとか、そんなこと関係ないんだから！」

泣き叫ぶ私の涙を、お母さんは大きな手でぬぐった。

「ねえ、今度こそお母さんと一緒に行かない？」

お母さんはやさしく私の頬を包む。

「ここにいれば一緒にいられるわ」

「そう……だけど……」

声は穏やかで、私を強く惹きつけた。

「戻ったらもう、一生会えないのよ」

離れたくなかった。六歳のときから、私はちっとも変わっていない。お母さんに会いたくて甘えたくて、それだけを望んで生きてきた。運転席のお母さんに抱きつく私は、六歳の私になっていた。

「生き残っちゃってごめんなさい。私だけ死ななくてごめんなさい」

温かいお母さんに触れられるのは、もう一生ないはずだった。そのぬくもりを確かめるように強く抱きつく。忘れないように、いつでも思い出せるように、しっかりと感触を味わう。もう二度と会えないと思っていたお母さん。私は、役に立たなくてもいい。人に迷惑をかけるかもしれない。それでも、たくさんの人に支えられて生きてきた私は……、

「私は……」

お母さん、ごめんなさい。私は……、

「私は、生きていたい！」

泣きながら叫んだ瞬間、お母さんの実体がすんっと薄らいだ。

どうして？　何が起きた？　わからないままお母さんに抱きつこうとするが、煙のように薄くなって、消えた。

「お母さん！　お母さん！」

運転席には誰もいない。

お母さん、会えて良かった。大好きだよ、お母さん。私はもう六歳じゃない。

「私は、月野ゆん、月野ゆん、月野ゆん」

ひっくひっくとしゃくりあげて泣きながら、自分の名前を三回叫ぶ。ひゅっと落下に似た感覚がした。


「月野」

目を開けると、堺先生と萌野さんが顔を寄せ合って私の顔をのぞき込んでいた。

「……はい」

「大丈夫か?」

「……はい」

「全然戻ってこないから心配しました」

萌野さんがかろうじて聞き取れるほどの小さな声で言った。

「気分は悪くないか?」

堺先生も深刻そうな顔をしている。

「はい。いつもの潜入のときと、変わりません」

そうは言ったけれど、私は現実世界でも泣いていたようで、目から耳にかけて涙で濡れていた。でも、体がびりびりする感覚はなくなっていた。

「あ！　本城さんは……」

本城さんは無事だろうか。顔だけ倒して横のベッドを見ると、同じく横になったまま、こっちを見ている本城さんと目があった。

「本城さん！」

「迷惑をかけてすまなかったな」

本城さんは、照れたような、きまり悪そうな顔をしていた。

「迷惑だなんて……生きていてよかったです」

私はまた涙があふれた。死ななくて本当に良かった。私は手で涙をぬぐう。

本城さんの向こう、反対側のベッドに蓮さんが横になっている。

「蓮さん」

「君は、本当に現実の月野さん？」

疲れた顔で、からかうように笑ってくる。

「本当の、現実の私です」

蓮さんが「まじで、ぼくたち超お疲れさま」と言って、ピースをしてきた。私は、重い腕をあげて泣きながら笑ってピースを返した。離れたところからずずっと洟をすする音がした。萌野さんがどこかで泣いているらしい。

「カンファレンスは、少しあとにしよう。滝博士も来るから、月野と蓮はゆっくり寝ていてくれ。本城、病棟行くぞ」

堺先生が本城さんのベッドを看護師と一緒に運んでいく。

ああ、これが本当の現実だ。私は心底ホッとした。そして、すごく疲れた。カンファレンスまで、少し休もう。

八　カンファレンス

初めてづくしの潜入だった。

まず、患者が鎮静剤で眠らされているのではなく大量服薬後の目を覚まさない状態であること。それから、ダイバーがふたりとも患者の知人、どころか、毎日一緒に働いている近しい同僚であること。私は本城さんを尊敬していたし、蓮さんにとっても大切な先輩だ。ふたりとも、知人と呼ぶ以上の特別な感情を持っている。その状態で潜入することがどれほど危険か、わからないままの潜入だった。

「何があったか、最初から詳しく聞かせてもらいたい」

堺先生と滝博士もそろって、蓮さんと私は潜入室でカンファレンスを始めた。萌野さんも話を聞いている。

「それより、本城さんはもう大丈夫なんですか」

私は何よりそれが気がかりだった。何といっても、私は潜入先で本城さんのお葬式に参列したのだ。あんな思いは、もう二度としたくない。

「ああ、大丈夫だ。バイタルも安定しているし、【絡み】もほどけたから、つらい記憶は消えないが、希死念慮は薄れるだろう。本人にも、【絡み】の自覚はあっただろうから、少しずつ向き合うと思う」

「そうですか。本当に良かった」

「それで、本城の核はやっぱり同僚の自殺現場か」

私は本城さんの核と【絡み】を思い出す。もう何日も前のことに思えた。

「はい。月野さんと潜入した本城さんの同僚の方、あの患者の核と同じ現場でした」

蓮さんが答える。

「やはりそうか」

「でも、本城さんの場合は、本城さん自身が【絡み】になっていました。形状は【自責】。そうとう自分を責めていたのだと思います」

私も思い出して説明する。

「本城さんの核の中のご遺体は、ありのままの姿でした。その分、【絡み】になった本城さんが、まるで身代わりにでもなったみたいに、ひどいことになっていました。首にはぎちぎちにロープが絡んでいたし、顔もうっ血していたし、排泄物にまみれた汚い状態でした」

堺先生はひとつ息を吐く。

「そうか。ふたりには、つらい潜入だったな。本当によく戻ってくれた。ありがとう」

「それで、本城さんの【絡み】をほどいたあとに、いつも通り戻ろうとしたんですけど」

蓮さんが腕を組む。

「ちゃんと名前を三回声に出したんだね?」

「はい。ぼくも月野さんも、ちゃんと言いました」

堺先生も滝博士も、真剣な顔だ。

「でも、戻れなかった」

「はい」

私は、戻ったと勘違いしていたけれど。

「そこから、しばらくふたりは別行動だったんだな?　月野には、何が起こった?」

堺先生が私のほうを見る。

「私は、戻ったと思ったんです。名前を三回唱えたら、潜入室で目を覚ましました。堺先生もいましたので、いつも通り戻ったと思いました。潜入しているときに感じるびりびりした感じが少し残っていましたけど、知り合いに潜入した副作用みたいなものかな、と思っていました」

「びりびりする感じ以外では、何も違わなかった？」

滝博士が興味深そうに聞く。

「はい。変わりませんでした。潜入中と同じように少し足元がふらつきましたが、いつもより疲れていたのでそのせいかなと」

「それで、蓮と合流するまで何分かかった？」

堺先生が聞く。

「えっと……三日くらいです」

「三日！」

堺先生が驚きの声を出す。滝博士も、言葉を失《な》くしていた。

「それがどれほど危険なことか……ああ、本当に戻れてよかった……」

堺先生が両手で顔を覆って、嘆くように言った。

　改めて考えると、本当に恐ろしいことだとじわじわ実感がわく。体感時間三日も、私は自分が潜入中であることに気づいていなかったのだ。あのまま潜入中だと気づかなければ、ずっと目覚めないままだった。川原で蓮さんに出会わなければ、永遠に戻れないまま、誰の中ともわからない空間に閉じ込められていた。

「それで、月野は三日も何をしていた？」

　堺先生に聞かれ、私は目が覚めたと思ったところから蓮さんに会うまでのことを話した。

「本城の葬式に出た？」

「はい。だから、私は現実に戻ったと思ったんです。だって、潜入するのって、心にある記憶の中ですよね？　私は本城さんのお葬式に出たことはありませんから記憶にはないですし、本城さんの記憶にもあるはずない。だから、現実だと思いました」

「記憶にないことが潜入先に現れることはあるか？」

　堺先生が滝博士に聞く。

「いいえ、初めてのことよ。誰の記憶にもないところに潜入したということは、月野さんの【不安】の中に入ったのかしら」

「そんなことできるんですか?」

「わからないわ」

滝博士は腕を組んだ。

「蓮はどうしていた?」

「ぼくは、名前を三回唱えたあと、気がつくと暗い川原にいました。まわりには誰もいませんでした。うまく戻れなかったのはわかったので、まだ本城さんの核の中だと思っていました。月野さんも戻れてないだろうから、とりあえず早く合流しなきゃと思って捜しました。でも、どこに行けばいいのかわからず、とりあえず川原を歩いていた感じです。十五分くらいして、月野さんを見つけました」

「蓮にとっての十五分が月野にとっての三日だったわけか」

「時間のずれがどうして起こったのかも、わからないわね」

滝博士はつぶやく。

「それで、そこは蓮の核だった?」

「はい。ぼくの核にも【絡み】はありました。その……【絡み】があるとしたらそれだろう、と自覚していることだったので、ぼくの核だとわかったんですけど……」

蓮さんが少し口ごもる。

「それは、別に言わなくていい」

堺先生が言った。

「蓮の核の【絡み】まで発表する必要はない。それは蓮の個人情報だ」

蓮さんは少し黙ったあと「ありがとうございます」と言った。

「ぼくの核にも【絡み】はありました。でも、今のぼくには希死念慮はありません。【絡み】があっても希死念慮が出ない場合もあるんだと思いました。だから、ほどかずに戻ることにしました」

滝博士は、うんうんとうなずいて、足を組み替えた。

「潜入は希死念慮ありきで行われるわ。希死念慮のある患者には必ず【絡み】があるけれど、希死念慮のない人の核にはわざわざ潜入しないから、【絡み】を持ちながらも希死念慮がないケースがあるかどうか、確認していないわね」

滝博士がタブレットに情報を打ち込む。

「そのことだけでも、大きな発見だわ」

「それで、蓮の【絡み】はほどかないまま、ふたりとも戻ろうとしたんだな？」

「はい。でも、また戻れませんでした」

「その先は、月野の核だったわけか」

「はい。今度はすぐにわかりました。気づいたら……濁流に飲まれている車の中にいましたから」

私は、この話をしても以前ほど苦しくはなかった。これが、【絡み】をほどいた効果なのかもしれない。

「私の核にも【絡み】がありました。けど、私にも希死念慮はありません」

それを聞いた滝博士は、うーんと小さくうなった。

「月野さんの【絡み】はほどいたのよね？」

「はい。ほどきました」

「それで良かったと思うわ。月野さんの場合は、今明確な希死念慮はなくてもほどいてきて良かった」

「え、なんでですか」

「今後、希死念慮に発展したかもしれないから」

はっきり言われて言葉につまる。母の自殺に巻き込まれてから私は、誰かの、何かの役に立っていると自覚できないと不安で仕方なくて、やっぱりあの日私は死んだほうが良かったんじゃないか、と思ってしまう自分を知っている。滝博士は、そんな私に気づいていたのだ。

「そうですね。私も、ほどいて良かったと思います」

素直に認めよう。自分には、つらい過去があって、それが自分を苦しめていたことを受け止めよう。そうしないと、私はいつまでも、自分を一緒に死なせようとした母にとらわれたままだ。【絡み】をほどくことは、つらい体験を受容する手助けになっているのではないか、と思ったことがあった。それは自分にも当てはまっている。

それに、私自身が本城さんに言ったじゃないか。役に立つとか立たないとか、そんなこと関係なく人には命の尊厳がある。本城さんに言ったことは本音だ。役に立たなくったって生きていればそれでいい。

「自分の核の中には、自分はいませんでした」

蓮さんが言った。

「今までは、どんな場面が【絡み】であろうと、患者自身がいないことはありませんでした」

「たしかにそうですね。でも、蓮さんの核に蓮さんはいなかったし、私の核にも私はいなかった……」

「本人に潜入することは想定していない治療だから、そこは未知数だわ」

滝博士は忙しくタブレットに情報を入力している。

「月野の核には、本城もいたな？」

堺先生が言う。

「はい。いたっていうか、突然現れたんです」

「ダイバー同士だけじゃなく、患者も核と核を移動できるということか？　もしくは、本城がダイバーだからできたのか？」

「そこもわからないわね。そもそも、患者の核からダイバーの核に移動してしまったのは初めてだわ。知人に潜入してはいけない、という根本的なルールは間違っていないと思う。でも、だからといって核同士を移動できるメカニズムはわからない。今後の重要な課題になるわ」

おそらく、博士にとっては貴重なデータになっただろう。

「さすがに、しばらく潜入治療は中止だな」

堺先生が腕を組む。

「そうね」

滝博士も賛成だった。

「今回のことで潜入治療がまだまだ未完成の治療だと再確認できたわ。患者とダイバーの核を行き来できるということは、もしかしたら、精神科医やカウンセラーが一緒に潜入して、核の中の患者を直接カウンセラーの核に呼び込むこともできるかもしれない」

滝博士には、前向きな治療方法が想像できているようだった。

「そのためには、まだ何年もかかるな」

「ええ。もちろんよ。でも、今回みんなが危険な思いをしてやってくれたことを、私は無駄にしたくない。絶対に、良い治療法へ結びつけるわ」

滝博士が私と蓮さんを見る。その力強い視線を、頼もしいと思った。潜入師なんていう斬新な治療法をゼロから生み出した人だ。このくらいのバイタリティがないとやっていられないだろう。

よくわからないけれど、今回はそれぞれの核の間を移動してしまった。たまたまそうなったのか、実際に移動が可能なのか、今後実験が必要になるだろう。

堺先生は、本城さんへの潜入が、私的な感情によるものだったことを反省しているようだった。知人への潜入はしない、という鉄則も破っている。しばらく、この潜入チームで仕事をすることはないのだろう、と私は思った。

カンファレンスを終えて病院を出ると、すっかり日がのぼり、朝の陽《ひ》ざしがまぶしかった。空気は澄んでいて、晴れた空が青々と高い。夜中の二時半頃から潜入していたから、心も体もくたくただ。

「疲れた……」

ぼそっとひとり言をつぶやくと、スマートフォンが鳴った。画面には、滝博士の名前。

「はい」

「月野さん？　今どこ？」

「病院出たとこです」

「ああ、よかった。食事に行かない？」

「食事ですか？」

「ええ、夜中から働きっぱなしで疲れたでしょう」

実際疲れているし、誰かと食事をしないと何も食べなそうな気がした。

「行きます」

「職員駐車場で待っているわ」

「蓮さんも誘っていいですか？」

疲れているのは私だけじゃない。

「ああ、できればふたりきりで行きたいわ」

「あ、はい。わかりました」

電話を切って、少しスマートフォンを見つめる。滝博士と食事をしたことは何度もあるけれど、ふたりきりがいいと言われたのは初めてだ。

職員駐車場へ行くと、黒いワンピースにグレーのコートをはおった滝博士がいた。モノトーンなのに華やかで、遠目に見ても色っぽい人だなと思う。

「すみません、おまたせしました」

「ぜんぜん待ってないわ。行きましょう」

滝博士の車は、黒い幌《ほろ》のついたオープンカーだった。

「かっこいい車乗っているんですね」

「いいでしょう。車好きなの。このあたりじゃ、冬は寒いし夏は暑いから、オープンカーにする機会ぜんぜんないんだけどね」

滝博士は高めのヒールのパンプスを脱いで運転用らしい運動靴に履き替えた。

「ヒールで運転すると危ないでしょう？」

そう言って、少し笑った。

お店は、おしゃれでこぢんまりとしたイタリアンレストランだった。店内は落ち着いた雰囲気で、時間が早いからか空《す》いている。滝博士は慣れた様子でランチコースを注文した。

「私は車だから飲めないけど、月野さんは好きなもの飲んでいいわよ」

「ありがとうございます。けど、疲れているのでやめておきます」

私が言うと、滝博士は「じゃ、これにしましょう」とノンアルコールのスパークリングワインを二人分注文した。

「急に誘ってごめんなさいね。疲れているでしょう」

「いえ、大丈夫です。ひとりだったら、何も食べなかったかもしれないので、誘っていただいてよかったです」

私は正直に言った。滝博士は柔らかく微笑んだ。

「私もよ。誰かと一緒じゃなきゃ、食事をとらない気がしたの。付き合ってくれてありがとう。ゆっくり話したいのも本当だし、食事に付き合ってもらって助かったのも本当」

ノンアルコールのスパークリングワインがテーブルに届く。滝博士はグラスを軽く持ち上げて「乾杯」と言った。

「まずは、ずいぶんと月野さんに負担をかけていたこと、謝るわ。ごめんなさいね」

「いや、負担なんて私なにも」

「いいえ。私、研究に力を入れるあまり、現場のスタッフの負担を考えきれていなかったと反省したの。堺先生とはよくそのことで言い合いになったけれど、今なら堺先生が何を言おうとしていたか、よくわかるわ」

滝博士はグラスを傾け、透明の液体を少し飲んだ。

「特に月野さんには、負担が大きいことが多かったわね」

「いいえ、私はそんな」

「負担に思っていないことが、問題なのよ。そう思わせないようにしてしまった私の責任」

そんなことはないと言いたい。滝博士には本当にお世話になったのだ。

「月野さんが研究室にいたころからそうだったけれど、私は、患者の希死念慮の軽減のためなら多少の医療者の負担はあって然《しか》るべき、という考えの部分があってね。よくないとわかっていても、そう思ってしまうのよ」

それには、感じるところはないわけでもなかった。

「その考えが、月野さんに無理をさせていたのかな、と思うこともあるし、申し訳なかったと思っているわ」

「そんなことないです。患者さんのために無理をするかどうかは、私自身の問題です」

「まあ、それもないわけではないのでしょうけれど……。私が、どうしてこんなに潜入研究にこだわっているか、話したことないわね」

滝博士は少し遠くを見るような表情で話し出した。

「あ、はい。聞いたことないと思います」

「私ね、高校生のとき、親友が自死で亡くなったの」

私の、傾けていたグラスを持つ手が止まった。

「すごく仲良しだと私は思っていたわ。いつも一緒にいたし、よく話もしたし、遊んだし。でも、彼女は私に何も言わずに、ある日突然亡くなった。自宅で、カミソリで手首を切ったの。発見が遅くて、間に合わなかった」

滝博士は淡々と話す。

「何もできなかった、と思った。何もしてあげられなかった。私がいても、彼女は死を選んだ。彼女の、出していたかもしれないSOSに私は気づかなかったのよ。それから、私はもう誰も失いたくないと恐ろしくなったわ。

希死念慮……。そんなものがあったら、人はいとも簡単に自ら死を選んでしまう。その恐ろしい症状と闘いたかった。勝ちたかった。全部治したいと思った。よく、自殺するのは心が弱いからだ、なんて言われることがあるけれど、それは違う。月野さんは知っていると思うけれど、希死念慮は病気に起因する症状のひとつなのよ。強さや弱さではない。それなら、治療できるはずだと思った。だから、必死で勉強して、研究して、ようやく潜入治療にたどり着いた」

滝博士は、静かにグラスをテーブルに置いた。

「不安で仕方なかったのよ。誰かの大切な人が、自死で亡くなってしまうことが。だから、患者さんの治療のためなら医療者は多少の無理は承知の上、と思っていた。でも、今回のことで、自分が傲慢《ごうまん》だったことに気づいたわ」

滝博士が少し黙る。店員が、料理を運んできた。白い大きな皿に、薄いカルパッチョが載っていた。

「医療者も、誰かの大事な人なのよね。医療者も患者さんも、同じ人。私が失いたくないのは、どちらも同じだった。今回、あなたが三日も核の中をさまよっていたと知って、自分の生み出した治療法の恐ろしさを思い知ったわ。良い治療法でも、副作用は必ずある。研究者として、反省しているわ。危ない目にあわせて、ごめんなさいね」

滝博士は、弱々しく微笑んで私を見た。いつも強気な滝博士が、見せたことのない表情だった。

「私、本城さんに潜入したとき、『人の役に立つとか立たないとか関係なく、人には命の尊厳がある』って、本城さんに言ったんです。私が、ですよ。そんな風に思えていたなんて、自分でも驚きました。本城さんにもそう伝えたし、自分にも言い聞かせたいと思えたんです。だから、今回本城さんに潜入して、私は良かったと思っています。予測していないことでしたが、自分の【絡み】もちゃんと自分でほどけました。自分のことと向き合って、とても考えさせられる潜入でした。だから、これからもちゃんとまっすぐ生きていこうと思いますし、もう誰かの役に立たないと生きてる意味がないなんて、思い悩まないで済む気がしています」

私の言葉に、滝博士は少し瞳を潤ませた。

「それに、自分の核で母に会って、母に向かって『私は生きたい』って言えました。これって、すごいことだと思いませんか？　あんなに母に会いたかったのに、あんななに自分だけ生き残ったことに罪悪感を持っていたのに、私は生きていたいんだ、って実感できました」

自分の言葉に、自分で胸がつまった。改めて言葉にすると、確信に変わっていく。私は、生きたい。生きていたい。母と一緒に死ななかったことに罪悪感は持たなくていい。ただ生きているだけで人は尊いのだから。

「それから、【絡み】をほどくこととは、苦痛を受けていた自分を受け入れることなのかもしれない、と思ったんです」

「【絡み】は本人が受け入れられていない何か、ということね?」

「はい。【絡み】をほどくことは、希死念慮の軽減はもちろん、心的外傷の受容の手助けになるのではないかと。忘れることはできなくても、受け入れながら生きていく。その方法のひとつが【絡み】をほどくことなのかな、と思いました」

滝博士は、さっきよりしっかり微笑んだ。

「おもしろい見解だわ。ありがとう。私、潜入治療、諦めないわ。きっともっと良い治療にしてみせる」

「はい」

滝博士は「そろそろ、食べましょうか」と言って、フォークを手にした。

「はい。いただきます」

「月野さん、潜入中、核に近づくと体がびりびりするような感じがするって言っていたわよね。あれ、なくなるかもしれないわね」

「え、なんでですか?」

「あなたの中の【絡み】をほどいたからよ。たぶん、あなたの【絡み】と患者の【絡み】が強く呼応する感じが、びりびりする感覚として表れていたんだと思う。やっぱりあなたは、とびきりシンクロしやすかった、ということになるわね」

「なるほど……」

その特性を失ったのだとしても、私は構わない。その性質を持っているより、自分の【絡み】をほどけたほうが良かったと今なら思える。特殊な能力を失っても、私には生きている意味があるから。

カルパッチョをひとくち口に入れる。オイリーなソースにはほどよい塩味があって、冷製の白身魚は歯ごたえがいい。疲れているけれど、食べ物がちゃんとおいしい。生きていることは、やっぱり素晴らしいと思った。

九　希望

ぬけるような青空に、濃いピンクの梅が映えている。顔を寄せると、甘い軽やかな香りがした。

潜入治療が中止されてから三か月がたった。その間に年があけて、新しい年になっている。

私はトレンチコートをひるがえして、足を速めた。今日は久しぶりに蓮さんたちに会う。精神科に入院していた本城さんが、退院したのだ。

「月野さーん」

待ち合わせ場所の前で待っていると、蓮さんがコートのポケットに手をつっこんだまま歩いてきた。その横を、萌野さんがちょこちょことついてきている。

「久しぶり」

「お久しぶりです」

「蓮さんに声をかけていただいたのですが、私も来て良かったのでしょうか」

萌野さんが、あいかわらず聞き取れるぎりぎりの小さな声で言う。

「もちろん！　久しぶりに会えて嬉しい」

「じゃ、行こうか」

本城さんとは駅前のファミレスで待ち合わせをしている。平日の昼間にファミレスなんて、いつ以来かわからない。なんだか嬉しくてそわそわした。

店に入ると、

「あ、いた〜」

蓮さんが嬉しそうに言った。私も店内を見渡して、すぐに見つけた。一番奥の角の席に本城さんがひとりで座っている。こちらに気づいて、少し恥ずかしそうに微笑んだ。

「退院、おめでとうございます！」

蓮さんが、途中で買った花束を渡す。

「わあ、すごいな、ありがとう」

本城さんは照れているように見えた。入院生活で、規則正しい生活をしていたのだろう。ゆっくり休息もとったからか、本城さんは少し頬が丸みをおびて、険しい印象が減っている。もともとの本城さんの姿に、少し近づいたのかもしれない。

蓮さんが店員を呼んで、みんなで飲み物を注文した。本城さんは先にコーヒーを頼んでいたようで、おかわりを注文する。私は温かい紅茶にした。

「本城さん、ちょっと太りましたね」

蓮さんが笑いながらストレートに言う。

「そんなはっきり言うなよ」

本城さんも笑った。

「人相変わるほど太ってないだろ？　規則正しい生活で健康になった、と言ってくれよ」

「鋭さが減っています」

私も正直に言った。クールな完璧主義だと思っていた本城さんの柔らかい一面が、表に出てきたのだろう。

「まあ、身も心も、少し丸くなったかもな。とはいえ、前の俺はそんなに鋭かったか？」

「はい。そりゃもう、カミソリでした」

私は笑った。本城さんは手を額に当てて「はあ～」と息を吐く。

「そんなに無理をしているつもりはなかったんだ。でも、自分で自分を縛って生きるというのは、やっぱり厳しかったんだな」

額から手を離し、穏やかに笑った。

店員が飲み物を運んでくる。私は温かい紅茶を受け取り、薄いカップに口をつけた。華やかな香りが鼻に抜ける。

ふーっとひとつ息を吐いて、私にとって一番聞きたいことを思いきって口に出した。

「本城さんは、これからどうするんですか？」

退院したばかりだから、少し休むとは思うけれど、そのあとどうするのか。

「実家が旅館をやっているんだ」

「旅館？」

「そう、長野でね。兄貴が継いで働いているんだけれど、今回の俺の入院で旅館を閉めて、家族みんなずっとこっちにホテルを借りて見舞いに来てくれていたよ。家族全員に心配と迷惑をかける末っ子ってやつだ。それで、俺はこれをきっかけに実家へ帰って、旅館を手伝おうかと思う」

「やっぱり、辞めるんですね」

わかっていた気がした。本城さんはもう、潜入はしない。

「なんだ、月野。俺がいなきゃ寂しいか」

「当たり前じゃないですか。めっちゃ不安ですよ」

「そんなことはない。月野は、ひとりで大丈夫だろ」

そう言うと、真面目な顔をした。

「潜入されているときの記憶が患者に残るかどうか、今まで俺は知らなかった。でも、そのときどきに思ったことを正直に核の中の患者に伝えてきたつもりだ。今回、自分が患者になってみて、初めてわかったことがある」

「なんですか」

「核の中で起こったことは、全部覚えている。蓮と月野がどんな風に【絡み】をほどいてくれたか、何を言ってくれたか、はっきり覚えている。だから、本当に申し訳ないと思っているし、感謝している。ありがとう」

本城さんは、しっかりと頭をさげた。

「やめてくださいよ。本城さんが無事だったのが、一番嬉しいことなんですから」

本城さんは顔をあげて、真面目な表情で続けた。

「あのとき、月野が言ってくれただろう。役に立つとか立たないとか、そんなこと関係なく生きていればいいって」

「はい」

私もよく覚えている。「その言葉、そのままお前自身に返す」と言われて、私自身も嚙みしめた言葉だった。

「あの言葉のおかげで、俺はやっぱり生きていこう、と思えたんだ」

「え……」

「本当だ。そう思えたから、俺は意識が戻ったんだと思う。俺は、誰かの役に立たなくても、俺という存在だけで生きていていい。そう思えたのは、月野のおかげだ。ありがとう」

胸が熱くなった。そうだ。そうなんだ。本城さんも、私も、そのほかの人たちも全員、誰かの役に立つとか立たないとか、そんなこと関係なく生きていればそれだけで尊いんだ。当たり前のことなのに、なぜか忘れてしまう。ずずっと音がして横を見ると、萌野さんが目を真っ赤にして洟をすすっていた。

「ちょっと、なんで萌野さんが泣いてるの？」

蓮さんが笑いながらポケットティッシュを萌野さんに渡した。

「ずびばせん」

ティッシュを受け取って、萌野さんは涙を拭いたあとずびーっと鼻をかんだ。

「私も、誰かの役に立てる仕事がしたくて、看護学部に行ったり、潜入師を目指したりしていました。それはそれで悪いことじゃなかったと思います。でも、先輩たちのようにうまく潜入できなかったらどうしようとか、足を引っ張っちゃうかもしれないとか、思っていました。でも、役に立てる喜びも持ちながら、役に立てない自分のことも、ちゃんと愛せるような気がします」

萌野さんが小さな声で言う。私もそう思った。ありのままの自分を愛せばいいんだ。

「ぼくも、誰の役にも立たないで生きていても、ぜんぜんいいと思うよ？　でもさ、誰の役にも立たない人なんている？　本城さんはずっと月野さんの憧れの先輩なんだし、その月野さんは本城さんを救ったわけでしょう？　意外と気づいていないだけで、みんな誰かの支えになっていると思うよ、ぼくは」

蓮さんはメロンソーダのストローをくるくるまわしながら言った。そうなのかもしれない。自分で気づけていないだけで、みんなが誰かを支えている。それはそれで素晴らしいことに思えた。

「蓮は、今後どうするんだ？　潜入治療はしばらく中止だろう？」

三か月前に中断された潜入治療に、再開のめどはたっていない。安全性の研究がもう少し進むまで、おそらくは年単位で、時間がかかるだろう。

「ぼくは、看護の大学院に進学しようと思います。今まで潜入師として働いてきて、患者さんの一番深いところに関わってこれたと思っています。でも、【絡み】をほどいたあとの患者さんには深く関わっていないし、その後のケアも大事です。より良い看護を目指すために、学び直そうかと思います」

本城さんは微笑んだ。

「月野はどうするんだ？」

「私は……」

ずっと悩んでいた。潜入治療を中止した今、自分がやりたいことは何だろう。私にできることは何だろう。考えて考えて、出した結論があった。

「私は、滝博士の研究を手伝うことにしました」

本城さんは、深くうなずいた。

「潜入治療はまだわからないことの多い治療法だとわかりました。まだまだ研究しないといけないことがたくさんあります。より安全に、確実に患者の希死念慮を軽減させる方法が、滝博士と一緒ならきっと見つかると思います。滝博士はよりよい治療法を諦めていません。研究チームの中に潜入師がいたら、できる実験も増えるんじゃないかと思うし、きっともっと良い潜入研究が進みます」

「そうか。潜入師を続けるんだな」

「はい。治療の実践で使えるまではしばらく時間がかかるかもしれませんが、きっともっと素晴らしい治療法になりますよ」

「ああ、きっとそうだろう」

本城さんは微笑むと、窓の外を眺めた。

希死念慮を抱えながら過ごしている人は今もたくさんいる。残念なことに自殺で亡くなってしまう人もたくさんいる。そうならない環境が作れれば一番いいのかもしれないけれど、世の中はそんなに簡単にはできていない。だからこそ、より良い治療法を完成させて、少しでも多くの患者を救いたいと思う。

誰の役にも立たなくても人の命には尊厳がある。それは、今から自殺しようかと苦しんでいる人にも言えることなのだ。死にたい気持ちは、すぐには消せないかもしれない。でも、死ぬ必要はない。死にたい気持ちは、その人のせいじゃない。目に見えない神経伝達物質に問題があるだけなのだ。心の核に潜む【絡み】をほどいて、神経伝達物質を正常に戻そう。死にたい気持ちはいつか必ず消すことができる。そんな治療法が必ず見つかる。私はその日のために、これからも潜入師として働いていきたい。あらためて強く決意をかためた。

お店を出ると、空が澄んでいて気持ち良かった。

本城さんにお花を買ったお店で、私も小さなブーケをひとつ買う。明るい黄色がかわいらしい。

「ただいま」

リビングのテーブルの上に飾ったお母さんの写真に挨拶をする。祖母にお願いして、元気だった頃の写真を送ってもらったのだ。

花瓶に花を活《い》ける。太陽みたいな黄色は、お母さんの笑顔によく似合った。

手を合わせると、静かに心があたたかくなる。

細く開けた窓から心地よい風がそよいできた。

春はもうそこまできている。

あとがき

『こころのカルテ　潜入心理師・月野《つきの》ゆん』をお手にとっていただきありがとうございます。

私は十三年ほど、精神科の看護師として働いていました。当時から感じていた思いや葛藤、喜びなどを表現したくて、医療現場を舞台にした小説を書いています。

精神科にご入院される患者様にはいろいろな症状がありました。不安、不眠、幻覚、妄想……。なかでも一番厄介な症状が、死にたい気持ち、つまり「希死念慮《きしねんりょ》」ではないかと思います。

自死で亡くなる方は、毎年二万人以上います。自ら死を選ぶ人は心が弱いと言われることがありますが、本当にそうでしょうか。実は、本人の意志や心の強さとはまったく関係なく、症状としてあらわれるものがほとんどです。

死にたいと思っている人に「心が弱い」と言うことは、がんの患者さんに「気合いで治しなさい」と言っていることと同じです。いかに的外れか、わかっていただけるでしょうか。

どれほど医療が手をつくしても、自死で亡くなる方はいらっしゃいます。そのたび、悲しくてやるせなくて、どうしようもなく落ち込みました。がんを気合いで治すことと同じ、と書きましたが、自死は行動を起こさせなければ防げる、という大きな違いがあります。

あるとき、ベッドで静かに横になっている患者様の様子に些細《ささい》な違和感を持ちました。普段と何かが違う。何だろう……と思ってよく見てみると、いつもは肩までしか覆っていない布団を顎までかけていることに気づきました。

もしかして……と慌てて確認すると、布団で隠しながらタオルで首をしめていました。すぐに発見できたことで患者様は無事でしたし、行動化してしまうほど死にたい気持ちが強いことに気づけた瞬間でした。

死にたい気持ちが目に見えたら。いつもそう思いながら働いていました。目に見えて、手で触ることができて、確実に治すことができたらどんなに良いだろう。でも、現在の医学でそのようなことはできません。

本作は、人の記憶の中に直接潜入し、死にたい気持ちの解消につとめる架空の専門職「潜入心理師」が活躍します。この設定に、看護師時代から持ち続けた強い願いを込めました。

主人公の月野ゆんには、この仕事を志した強い動機があります。それは月野自身のつらい記憶でした。自分の過去と向き合いながらも、希死念慮で苦しむ人々の力になりたいと頑張る月野を、一緒に応援してくださると嬉《うれ》しいです。

いつか医療がもっと進歩して、精神疾患のより良い治療法が見つかると信じています。

そして、今死にたい気持ちがある方へ。それはあなたのせいではなく、症状として思わされているだけです。必ず誰かに相談し、どうか自分を責めたりせず、穏やかな時間が過ごせますよう願っています。また、死にたいと言っている人が身近にいる方へ。けっして「心が弱い」などと言わず、まずはつらい気持ちに寄り添ってあげてください。そして、なるべく早く医療へつながることができるよう、手を貸してあげてくだされればと思います。

いつも丁寧に関わり支えてくださる担当編集者の室越美央さん、素敵なイラストで表紙を飾ってくださったイラストレーターの中村至宏さん、デザイナーのbookwallの築地亜希乃さん、関わってくださったすべての方に感謝いたします。ありがとうございました。

二〇二五年　初春　秋谷りんこ

―――本書のプロフィール―――
本書は、書き下ろしです。

本作品はフィクションであり、実在する人物・団体等とは一切関係ありません。

小学館文庫

こころのカルテ　潜入心理師《せんにゅうしんりし》・月野《つきの》ゆん

著者　秋谷《あきや》りんこ

二〇二五年三月十一日　初版第一刷発行
二〇二五年七月十五日　第三刷発行

発行人　庄野　樹
発行所　株式会社　小学館
〒一〇一－八〇〇一
東京都千代田区一ツ橋二－三－一
電話　編集〇三－三二三〇－五九五九
　　　販売〇三－五二八一－三五五五
印刷所――――中央精版印刷株式会社

この文庫の詳しい内容はインターネットでご覧になれます。
小学館公式ホームページ　https://www.shogakukan.co.jp

ISBN978-4-09-407442-0